恋花火

Yuduki Minase
水瀬結月

CHARADE BUNKO

Illustration

立石涼

CONTENTS

‡　Ⅰ　‡

『職人形《しよくにんぎよう》』を自由に使えるというから、興味を持っただけだったのに。

まさかこんなことになるなんて、思ってもみなかった。


「……本当に稼動してるのか、ここ」

入江誠人《いりえまこと》はボストンバッグを片手に、呆然《ぼうぜん》とその建物を見上げて呟《つぶや》いた。

赤煉瓦《あかれんが》で造られている建物の外観は、工房というよりも古びた倉庫に近い。

よく言えばレトロ、有り体に言えば……風化が進みすぎだ。

あまり人が出入りしているとは思えない傷み具合で、もしもその表示がなければ、誠人は場所を間違えたと思っただろう。しかし壁に掲げられた看板には『火気厳禁』『線香花火・芙蓉《ふよう》工房』と記されていて、目的地に違いないことを教えてくれた。

いっそ、間違いであってほしかった。

誠人がそう願ってしまうのも無理がないほど、この工房は人里離れた山中にある。

その割に工房へと続く道が立派に舗装されているのは、材料である火薬などを頑丈なトラックで運び込み、また線香花火に生まれ変わったそれらを再び安全に運び出していく必要があるからだろう。

しかし旧式の舗装道であるため、旧道対応されていないタクシーでは、ここまで上がってくることができなかった。

運賃が安いからと、都市仕様の無人タクシーを選んだ自分が悪いのはわかっている。けれどこんなに広い道が続いているというのに自動運転システムが「道ではない」と判断してしまい進めないなんて、納得がいかない。

「進め！　旧式だが道はある」と命令する誠人に対し、無人タクシーはロボット特有のアクセントで「ここハ道でハありまセン。山林デス」と突っぱねた。

ロボットだから突っぱねるという表現はおかしいが、神経を逆撫《さかな》でされた誠人にはそう思えたのだ。しかも押し問答しているうちにも料金が嵩《かさ》んでいくことに気づき、慌てて降りると奴は勝ち誇ったように走り去っていった。

――文明ってやつは……！

心の中で悪態をつき、誠人は緩やかな勾配《こうばい》を上り始めた。

そして、歩くこと一時間。

ようやく辿《たど》りついたのが、この工房だったというわけだ。

観音開きになるフェンスのゲートをわずかに開けて、誠人は敷地内に足を踏み入れた。火薬を扱っているというのに、センサーの一つもついていないらしい。もっともこの立地では、野生動物が敷地を横切るたびに反応してしまって困るのかもしれない。

工房の入り口に向かって歩いていると、隣の一軒家が見えてきた。二階建ての三角屋根。

これもまた映画くらいでしか見られなさそうな旧式の木造家屋に、後づけの太陽光発電パネルが取りつけられている。あのシステム、博物館級ではないだろうか。

しかし不意に、誠人はその住まいに懐かしさを抱いた。

実際に見るのは初めてなのに、不思議な感覚だ。

――意外と手入れされてるからか?

人が住まなくなった家は加速度的に朽ちていくというが、あの家は古びているものの廃屋という雰囲気ではない。きっと職人形が、いつか帰ってくる主人のために手入れをしているのだろう。

そう考えて、誠人は溜息《ためいき》をつく。

厄介なことになってしまった。……いや、自分が厄介払いされたというべきか。

気分が滅入るが、こんなところに突っ立っていても仕方がない。誠人は再び工房に向かって歩き始めた。

この時間なら、職人形は工房で働いているはずだ。

赤煉瓦の建物にはシャッターの下りた大きな搬入口と、脇《わき》に人が出入りするための扉がついていた。誠人は扉の前に来ると、しばし佇《たたず》む。扉には環状の金具が下がっているだけで、ドアノブもついていない。センサーがなく、自動でもなく、挙句にドアノブまでついていない扉をどうやって開けるのか、誠人にはわからなかった。

とりあえず押してみたがビクともしない。次に輪を手に取って引いてみる。特に何が起こるわけでもなかったので手を離すと、カンッと大きな音が生じた。

「わっ⁉」

驚いて飛び上がった誠人だが、よく見ると扉側にも金属の突起物があり、音が鳴るように作られているようだ。

——これが昔あった呼び鈴っていうやつか？　でも鈴じゃないし。

観察していると、突然、内側から扉が開く。

そして現れたのは、作務衣《さむえ》姿の男性だった。

視線が合った瞬間、誠人は息を呑《の》む。

その人は、あまりにも澄んだ眼《め》をしていた。

誠人より少し年上の、おそらく三十歳くらいだろう。絹糸のように滑らかそうな漆黒の髪と、整った目鼻立ちに、誠人は思わず見惚《みと》れた。

「何かご用ですか？」

穏やかな微笑とともに艶《つや》やかなテノールで尋ねられ、誠人はハッと我に返る。

「あっ、す、すみません。人がいらっしゃるなんて、聞いてなかったので」

誠人は焦って言い訳をした。そして話が違うと心の中で文句をつける。国の役人も、大学側も、『工房に人間がいなくなってしまったので、至急赴任するように』と言ったのではなかったか。

そこまで考えて、ふと気づく。

すでに人間がいるのなら、自分は研究室に帰れるのではないか？

期待に満ちた眼で男を見上げ、誠人は笑顔を向けたのだが……。

「人……？」

彼は不思議そうに呟き、誠人をじっと見つめてくる。

「入江誠人と申します。『伝統保全庁』の指示で参ったのですが、どうやら手違いみたいですね。あなたがいらっしゃるなら、おれは用なしだ。恐縮ですが電話を貸していただけますか？　管理官に報告して、おれは失礼します」

さきほどまでの悲愴《ひそう》な気分など霧散して、誠人は明るくまくし立てた。

早く街に帰りたい。

人間関係は煩わしいことばかりで、欺瞞《ぎまん》に満ちているけれど、こんな山中の工房に一生閉じ込められるよりはずっといい。

そう思ったのに。

「ああ、職人形をご覧になるのは初めてなんですね？」

彼は落ち着き払った態度で、柔らかく微笑《ほほえ》んだ。

「……え？」

「どうぞ中へお入りください」

扉を大きく開けて、招き入れられる。

足を踏み入れたとたん、火薬の匂《にお》いに包まれた。それは大学院の研究室と同じだが、匂いの種類が違っている。なんとなく甘い気がした。

工房内はいくつかの部屋に分けられているようで、煉瓦の壁に遮られて全体像が見えない。外観の印象に比べると、内部は綺麗《きれい》に整頓《せいとん》され、壁や天井に崩れそうな箇所もなかった。採光窓から差し込む西日が土間の向こうにある作業台の辺りを照らし、どこか荘厳な雰囲気を醸し出す。

実際、気高い仕事なのだろう。

工程のすべてが手作業という『純手製』の線香花火は、今やこの芙蓉工房を含めて日本国内に三箇所しか残っていないのだから。そしてその三箇所の工房、それぞれが独自の技術を何百年も伝えてきた。ここで伝統の灯を消してはならないという国の主張も取り組みも分かる。

——でも！……だからって、なんでおれが。

我知らず眉間《みけん》に皺《しわ》が寄る。

「どこかお加減でも悪いのですか？」

不意に顔を覗《のぞ》き込まれ、誠人はビクッと首を竦《すく》めた。

そんな自分を、彼は少し驚いたように見つめる。

——しまった。過剰反応しすぎた。

対人恐怖症というほど重症ではないが、誠人は人間が怖い。自分の利益のために他人を陥れたり、平然と嘘《うそ》をつく人たちを研究室で見すぎてしまった。

誠人は無意識のうちに笑顔を浮かべ、この場を取り繕いにかかる。

「すみません、ちょっとびっくりしてしまって。電話を貸していただけますか?」

にこやかに頼んだのに、彼は少し困ったような表情になった。

まさか電話を引いていないのだろうか。——いや、職人形が『支給』されている限り、電話がないなんてありえない。

「電話をお貸しすることはできますが、その必要はないと思います」

「え?」

「私が職人形です。支給されて六年目の、『冴《さえ》』と申します。違法と知りつつ、主人の留守を本日まで預かってまいりました。あなたが——誠人さんが芙蓉工房に来てくださって、安心しました」

まるで子守唄《こもりうた》のような甘いトーンで、穏やかに彼は言う。

その内容がすぐには理解できない。

ぐるぐると頭の中を駆け巡り、何度も反芻《はんすう》して、ようやく『職人形』という単語がストンと胸に落ちてきた。

「ハァァ?」

自分の口から零《こぼ》れ落ちた声に、誠人自身が驚く。

こんな不機嫌を凝縮したような声、いまだかつて家族にも聞かせたことがないのに。

だが、誠人がこんな反応をしてしまうのも無理はなかった。

なぜなら『職人形』とは――『アンドロイド』のことだからだ。

今から遡《さかのぼ》ること、百余年前。

二十一世紀初頭にそれまで夢物語だと言われていた二足歩行のロボットが現実のものとなって以降は、より人間に近いアンドロイドを作り出すことに科学者たちは夢中になった。そこに企業が参戦し、やがて一目では見破れないほど精巧なアンドロイドが誕生すると、彼らは「仕事」を与えられた。

まず送り出されたのは、百貨店などの案内ブースだ。当初は人間二人とアンドロイド一体の割合で配置され、やはり人がフォローしなければならない場面が多かったらしい。しかし学習型の彼女たちの成長は目覚ましく、時を経るにつれアンドロイド一体だけで見事に受付嬢の仕事をこなせるようになった。

そして世間がアンドロイドの存在に慣れてきた頃、次に彼らが送り出されたのが、介護の世界だった。

現場にはすでにロボットが普及していたが、介護はやはり人と人との触れ合いが大切だ。ロボットは補助としては文句なかったが、人間のヘルパーは不足していた。

そこに、見た目が人間と変わらないアンドロイドたちが大量投入されたのだ。彼らは常に笑顔で、どんな仕事でもこなす。しかも触れた手には体温がある。

それはもう、人間以上に人間だった。

現場は一気に活性化し、日本は福祉大国となった。

アンドロイドたちのすごいところは、『基礎データ』をプログラミングするだけで、後は職場に合わせて勝手に学習していくことだ。人間のように感情がないため従順だし、定期メンテナンス以外の休息も必要ない。

アンドロイドは瞬く間にさまざまな分野で普及し、大切に迎えられ、やがて人間の代わりに俳優業までこなす個体が現れた。

『アンドロイド俳優』ではなく、『人間の俳優』とまったく同じ扱いの『俳優』だ。

その頃から、倫理観が麻痺《まひ》し始めたと、後の学者は指摘する。

アンドロイドだとわかっていても、人間として見てしまう人が続出したのだ。

そもそも『究極の擬似人間』として作りだされた彼らなのだから、そこで止まれたら問題はなかったはずだ。

しかし人間は――アンドロイドに恋をしてしまった。

それが一人二人の話ではなく、社会現象にまで発展してしまった。

折りしも出生率の低下が緊急対策案件として議論されていた時代で、本来ならば子を生《な》すことができるはずの若い男女がアンドロイドに誑《たぶら》かされていると……各地で抗議が起こり、迫害が始まった。

そのせいで回収という名の廃棄処分が進められたが、恋する相手を失いたくないと思い詰めるあまり、アンドロイドの振りをして回収され……命を落とす人間まで出てきた。それはもう事件だ。

激しすぎる主張が飛び交い、強硬手段に出る者もあり、一般市民だけでなく政財界の大物も巻き込んだ混沌《こんとん》の時代だったという。

誠人はその時代のできごとを歴史の授業で習ったが、あまり実感が湧《わ》かなかった。教科書では淡々と経緯が書かれていただけで、詳しいことが語られていなかったからだろうか。それに誠人が生まれた時には、もう身近にアンドロイドはいなかった。

混沌の時代を経て、法律が制定されたからだ。

通称『アンドロイド法』と呼ばれるそれは、民間でのアンドロイドの製造や所持を禁止する厳しいものだった。

ただし国の完全管理の下、唯一アンドロイドの使用を認められた世界がある。

それが無形文化界だ。

伝統的な技術の継承を必要としながら後継者不足に悩まされていた世界では、アンドロイドが普及し始めた当初から、ひとまず彼らに学習させて技術をデータ化するという試みが行われていた。そして『アンドロイド法』が制定された時点で、すでに伝承者が他界し、データしか残っていない無形文化がいくつかあったのだ。

また、後継者がその技術を受け継ぐ場合、データの状態で学ぶよりも、いったんアンドロイドにプログラミングして、彼らから教えを請う方が正確に継承されることもわかっていた。

そのため『伝統保全庁』が新設され、無形文化登録がされた。そして職人が一人ないし二人になった時点で、文化継承のためだけに開発された『職人形』が国から支給されるというシステムが構築されたのだ。

そのため、現在では『アンドロイド』イコール『職人形』となっている。

費用はすべて税金で賄われているため、もちろん人間が遵守すべき条件はある。それに今でも、アンドロイドに対して悪感情を抱く人々もいるようだ。

しかし職人にしてみれば、伝統が自分の代を最後に途切れてしまうより、いつか後継者が現れることを信じて職人形を鎹《かすがい》にする方がずっとよかった。

そうしてアンドロイドは細々と存在し続け、無形文化も脈々と続いているのだった。

この芙蓉工房も、そのうちの一つなのだけれど。

——いくら職人形を見たことがなくても、こいつが機械じゃないことくらいわかるっての。

誠人は、目の前の男を睨《にら》みつける。

「冗談も休み休み言え。あんたのどこが職人形なんだよ」

「どこが、と言われましても……」

彼は困惑の表情を浮かべた。

考え込むように自らの頤《おとがい》に指を絡める仕草など、人間の癖でなければなんだというのだ。

彼が職人形だと言うなら、その癖もプログラミングされたものだ。そんな無駄なプログラム、一体誰がするというのか。

「本当に職人形だって言うなら、首でも取ってみせろよ」

「それはできません」

「ほらみろ！　職人形なんかじゃ…」

「首を取ることができるのはロボットです。アンドロイドは『究極の擬似人間』として作られているので、首が取れた時は『大事故』で、おそらく『廃棄処分』になるでしょう」

真面目《まじめ》な表情で説明されて、誠人は眉根を寄せた。

この男は、自分をからかうつもりなのか？

それとも彼の代わりに芙蓉工房に一生を捧《ささ》げる人間として、誠人を引き止めるつもりなのか？

疑いだせばキリがない。

「じゃあ、他に証拠を見せろよ。あんたが職人形だっていう」

「証拠ですか？　そうですね……」

彼はまた頤に指を絡め、思案気に周囲を見回す。

あまりにも自然な動作に、一体どこが職人形なのかとますます腹が立ってきた。

「首の後ろに電源とかないのかよ」

ロボットにはたいてい電源がついている。だから意地悪のつもりで言ったのに、彼は楽しそうにクスッと笑った。

「擬似人間なので、電源はこの中にあるようです」

作務衣の上から、彼は自分の胸を押さえる。そこは人間でいうところの心臓がある場所だ。

「そんなところにある電源なんて、なんの役にも立たないじゃないか」

「おそらく廃棄処分以外の時に誤って電源を落としてしまわないように、体内に設置したのでしょう。万が一にもデータが初期化すると困るので」

「……悪趣味だな」

誠人は唸《うな》るような低い声で呟いていた。

穏やかな口調と紳士的な物腰で、そんな嘘をつけてしまう彼に嫌悪感を抱く。それをわざと表情に出してみたのに、彼は構わず続ける。

「私にとって何よりも大事なのは、師匠からお預かりしたこのデータです。これを守るためだけに、私は存在しているのです。『冴』という個体が廃棄されてもデータは残りますが、私から直接、後継者である誠人さんに技術をお伝えできるということが、嬉《うれ》しくてたまりません」

そう言う彼の表情があまりにも幸せそうで……嘘をついているようには、とても見えなくて……誠人は少し混乱し始めた。

彼の頭のてっぺんから爪先《つまさき》まで、じっくりと視線を走らせてみる。

どこをどう見ても人間だ。

自分より十センチほど背が高く、バランスの取れた肢体をしている。健康的で、どこか上品で、街中で会ったら普通に「カッコイイ人だな」と思う男だ。

そんな彼が——職人形？

誠人はごくりと息を呑み、ゆっくりと口を開いた。

「……メシは？」

一応、聞いてやろうじゃないか。

本当に職人形なら淀《よど》みなく答えられるだろうし、もしも嘘ならボロが出るはずだ。

そう考えて、慎重に攻めに転じた。

「メシはどうするんだよ。エタノールとか飲むのか？」

「いえ、動力は電気で、蓄光式なので、晴れた日なら五分も太陽光を浴びれば二十四時間動けます。雨の日は室内灯でじっくり充電します」

「……どこに光を当ててるんだ？」

「全身のどこでも大丈夫です。表皮細胞に蓄光パターンが刻まれているようです」

それはつまり植物が光合成するようなものか。

どこが擬似人間だ、と誠人は思う。

「そのように動力は電源ですが、人間と同じように口から食物も摂取します。消化吸収はできませんが、無形文化の継承には味覚や嗅覚《きゅうかく》も必要項目だということで、師匠と食事をともにするよう設計されたそうです」

「え、食べ物の味がわかるのか？」

思わず誠人は素に戻って尋ねていた。すぐに我に返ったが、ここですかさずしかつめらしい顔を作るのもわざとらしい。

そんな誠人の逡巡《しゅんじゅん》など筒抜けなはずなのに、彼は取り立てて何も言わず、微笑みながら頷《うなず》いた。

人間ができている、と表現したくなるような紳士的な態度だ。

だが逆に言えば、プログラムだからそんなふうに紳士でいられるのではないか。

——何がなんだかわからなくなってきた。

「味は五感の中でも比較的、感知しやすいようです。直接舌で接するわけですから、糖分は甘味、ビタミン類は酸味というふうに変換して、『味』として認識できます」

「あー……」

確かに、人間も突き詰めて考えれば同じ手順で味を認識している。それを司《つかさど》っている『脳』が、生体か機械かという違いだけか。

——いや、そこの違いが大きいんだって。

自分の思考に自分で突っ込む。

「五感すべて、そのように人間に近い形でプログラミングされています」

「じゃあさ、たとえば……腹が減ったとか、そういうのも感じるのか？」

「はい。人間と同じ速度で胃が空になるので。ですがもちろん食べなくても動きが止まることはありません。電気で動いていますから」

にこっと笑う彼の、なんと爽《さわ》やかなことか。

電気で動けるのに空腹感を覚えさせられることに対し、不満はないのか。

「じゃあ、眠気とかは？」

「感じます。師匠の生活スタイルを学習して、睡眠時間が近づくと眠気を催すようになっています」

「ちなみに何時就寝の何時起床？」

「二十二時就寝の四時起床です」

「無理！」

研究室では、むしろ午前四時頃から眠る連中ばかりだった。

「サポートします」

自信に満ちている彼の言葉は、誠人にもその健康生活をさせようというものだろうか。

勘弁してほしい。だいたい四時に起きて、一体何をするというのか。

「誠人さんもすぐに慣れ…」

「次の質問！　痛みとか痒《かゆ》みとかも感じるの？」

「はい。痒みは人間とまったく同じです。ただ痛みは少し違っていて、一定のところまでは同じですが、限界を超えると痛覚を遮断します」

「遮断？」

シャッターを勢いよく下ろされるようなイメージが浮かぶ。

「限界を超えるような痛みを覚えるということは、身体のどこかに著しい損傷を負っているという意味です。その時は速やかに、あらゆる回路が遮断されます」

「……痛くないように？」

人間も、痛みが激しすぎると逆に脳内麻薬が分泌されて、痛みを感じなくなるという。そんなところまで忠実に模倣しているのかと思ったが。

「いえ、たとえば紙で手を切った時などの痛みは、人間の感覚を知る上で必要な痛みですが、腕を切り落としてしまったような場合は痛みの学習など必要ありません。ここにある『データ』を守るために、すべての機能を停止します」

彼は夢を語るような甘い声で、そんな話をする。

誠人は言葉を紡げなかった。

なぜか哀《かな》しくて仕方がなかった。

そして不意に納得した。

彼は——職人形だ。

きっと人間なら、自分の最期をこんなふうには語れない。

穏やかに、子守唄のように、それでいて潔く口にすることなんてできないだろう。

「誠人さん？　……泣いてるんですか？」

「っ、泣いてない」

すいっと身をかがめてきた彼に、心配そうに顔を覗き込まれた。

誠人は慌てて眦《まなじり》を拭《ぬぐ》う。なぜかわからないのに胸がいっぱいになって、瞳《ひとみ》が潤んでいた。

だが断じて、涙など見せるものかと思う。

しかし涙は意思に反して溢《あふ》れ出してくる。誠人はボストンバッグを足元に落とし、両腕で顔を覆った。止めようと思えば思うほど、涙は頬《ほお》を濡《ぬ》らす。

——人前で泣いたことなんかないのに！

心の中でそう叫び、そして気づいた。

職人形は、人間ではない。

それなら別に、泣いたって怒ったって構わないのでは？

煩わしかった人間関係も、この職人形となら——冴となら、気にする必要がないのではないか？

そんなことを考えていた時だった。

ふわっと温かいものに包まれ、額でチュッと音がした。

どきんと胸が大きく高鳴り、誠人は動きを止める。顔を伏せたまま固まっていた。

「誠人さん、私が何か粗相をしましたか？」

甘く低い声が耳元で響き、誠人は勢いよく顔を上げる。

すぐ正面に端整な顔があった。

冴の両腕が、労《いたわ》るように自分を包み込んでいた。

吐息が頬にかかり、作務衣の袷《あわせ》から覗いている肌はどう見ても人間にしか思えない。

誠人は思わず冴の喉元《のどもと》に手を伸ばしていた。

冴の肌は弾力があり、体温を伴っていた。

「すげぇ……」

――これが、職人形？　一体どんな技術で作られてるんだ？

自分が直前まで泣いていたことも忘れて、誠人は冴の胸元を覗き込んでいた。作務衣の袷を両手で割り、すっかりはだけさせてしまう。

「おお、乳首もある」

ずいっと手を差し入れると、冴の躰《からだ》が強張《こわば》るのがわかった。

そこでようやく、誠人は我に返る。

「あっ、ご、ごめん。嫌だったよな」

顔を上げると、冴の頬がうっすらと上気していた。誠人もつられて赤くなり、いそいそと作務衣を元に戻す。

――に、人間じゃないんだよな⁉

心の中で自問自答している間に、冴は立ち直ったようだった。

「失礼しました。嫌ではありません。ただ私の基礎データには、今のような行為は異性と行うとインプットされていたので、過剰反応をしてしまいました」

「え！」

「どうかしましたか？」

「基礎データにこんなの入ってるのか⁉」

そんなまさか、と誠人は思った。

アンドロイドに恋をした人間のせいで迫害が始まったという歴史を顧みると、そんな知識は余計だと排除するだろう、普通は。

しかし冴は不思議そうに頷く。

「はい……。実践の経験はありませんが、女性を悦《よろこ》ばせるテクニックは基礎データに含まれているようです。性的快楽も五感や痛覚と同じく、擬似人間に欠かせない感覚だからでしょうか」

頭が痛くなってきた。

誠人は眉間を押さえ、目を瞑《つぶ》る。

職人形だからいいのか？　本当にそんなことでいいのか？

「何か間違っていましたか？」

不安そうな声が降ってくる。

冴は職人形なのだから、こういう状況の時は声のトーンを押さえて弱々しく話すようにとプログラミングされているだけなのに、本当に『不安そう』に聞こえる。

――なんだこれ？　……職人形？　本当に人間じゃないのかよ。

職人形と一度は確信したはずなのに、疑問が舞い戻ってきてループに陥ってしまう。

「……いや、間違ってない。基礎データは合ってる。性交渉は異性と持つものでありまして」

なぜか文語調になってしまった。そして誠人はハタと気づく。顔を上げると、冴は穏やかな笑みを取り戻していた。

「あの……ちょっと、聞いてもいいか？」

「はい、なんなりと」

誠人は生唾《なまつば》を飲み込んだ。ドキドキと鼓動が早鐘を打つのは、二十六年の人生において友人にも聞いたことがない質問を、今まさに口にしようとしているからだ。

「その……実践しようと思ったら、できるわけ？」

「性交渉ですか？」

さらりと返され、言葉に詰まる。

焦りがバレないように、誠人は唇を引き結び、鷹揚《おうよう》に頷いた。

「実践するための機能は備わっているようです。勃起《ぼっき》しますし、擬似射精もできますから」

「……っ」

カーッと頬が熱くなってしまった。乙女《おとめ》じゃあるまいし、と自分に突っ込みを入れる。だいたい自分が質問したことの答えではないか。

わかっているが、妙に照れる。

「ぎ、擬似しゃ、擬似射精……って？」

「機能としては人間の男性器と同じですが、職人形はもちろん子を生すための精液など作れませんから、吐き出すものが擬似体液なんです」

やけにきっぱり言い切る冴に、射精は学習済みだということがわかった。セックスはデータ上の知識だけだが、自慰行為はデフォルトだったりするのだろうか。

──そんな、一体、なんのために?

「師匠が、線香花火の火薬調合をする時、よく口にされてたんです。『これで、イく時みたいに気持ちいー火花が散るぞ』って。ですがその感覚が私にはわからなかったので、メンテナンスの際に機能を追加してもらいました」

ごほっ、と誠人は噎《む》せ返ってしまった。

芙蓉工房の線香花火師は闊達《かったつ》な江戸っ子だったと聞いているが、冴を職人形と知りつつそんな教え方をしていたなら、よほどの大人物だ。

そこで機能の追加を願い出る冴も冴だが、本当につけてしまった国の役人もすごすぎる。

「あ、誠人さん」

突然、冴が明るい声で呼んだ。

「私が職人形だと証明する方法を思いつきました」

「え」

今頃?

というか、誠人の中ではもう冴が職人形だと納得できたので、証明はいらない。

しかし冴があまりにも喜々としているので、とりあえず聞いておく。

「私が吐き出す擬似体液は、その前に口から摂取した水分を使って体内精製します。ですから通常は水を飲むのですが、それを果汁にすると、甘い香りと味の擬似体液になるのです」

名案とばかりに嬉しそうに口にする冴に、誠人は唖然《あぜん》とした。

「それを誠人さんが舐《な》めてくださったら、私が職人形だとわかりますね」

「……っ、舐めるか！」

誠人は真っ赤になってわめく。

すると冴が、すっと視線を伏せて淋《さび》しそうな表情を浮かべた。

「そうですよね。いくら元は果汁でも、精液は異性の方が飲むものでした」

——違う。そこじゃない。

誠人は心の中で冴に訂正を入れる。

しかし同時に、擬似とはいえ果汁味の精液って一体……と、興味を抱いてしまったのもまた事実で。

——別にいいか。人間じゃないんだし。

誠人はそんなことを考えていた。

ほんの十分ほど前まで、自分は悲愴な決意で山道を上ってきていたというのに、冴に会ってからペースを崩されっぱなしだ。

空気の張り詰めた研究室で、呼吸をすることさえ遠慮していたような日々が、遠い昔のことに思える。

『まあいいか』などと、楽観的な思考を持ったのは、何年ぶりだろう。誠人は自分自身に驚いていた。

——人間を相手にしなくていいって、なんて楽なんだろう。

「……わかった。果汁を桃にしてくれるなら」

口にすると、冴がパッと笑みを浮かべた。

「はい。では、母屋《おもや》にいらっしゃいませんか？　誠人さんのお部屋にもご案内します」

少しずつ夕日も傾いているので、今日は作業に取りかかれないだろう。誠人は冴の勧めに従うことにした。

工房を施錠して、敷地内の一軒家に移動する。

こちらの玄関も扉は手動だった。しかも引き戸だ。カラカラカラ……と軽やかな音がしたのが、とても新鮮だった。

精製には少し時間が必要だからと、冴は真っ先に台所で桃果汁を飲んだ。その姿を、誠人は隣の和室から見ていた。

それから家中を案内してもらうと、驚くことの連続だった。

すべてが旧式。まるで博物館だ。本当にここに住んでいいのだろうか。後で文化財を使用したと咎《とが》められたりしないだろうか。

そんな心配をしつつも、誠人は意外と自分がこの家を楽しんでいることに気づいていた。

勝手に開いてくれないドアも、声に出して命令しても明かり一つ点《つ》かない部屋も、なんだか不思議に面白い。

水を飲むためには台所の一角にある井戸から水を汲《く》み上げて、濾過《ろか》装置に流し入れて、ぽたぽたと落ちてくる雫《しずく》が溜《た》まるのを待つしかないらしい。なんという気の長さ。

一通りの案内が終わり、和室に戻ってきた誠人は、冴が淹《い》れてくれた茶を啜《すす》った。熱い緑茶は、ホッとする。

「なあ、そういえばさっきの風呂《ふろ》ってどうやって湯を沸かすんだ？　太陽熱だけだと温《ぬる》いよな？　薪《まき》で焚《た》いたりするのか？」

ふと思い出して尋ねてみると、冴はにっこり笑ってかぶりを振った。

「いえ、周囲の木を伐採しないよう指示があり、固形燃料が支給されています」

「やっぱり焚くのかよ！」

とうとう誠人は声を上げて笑っていた。畳に身を投げ出し、木目がくっきり見える天井を見上げてげらげらと笑う。

おかしくて仕方がなかった。

どうして自分は、――もう笑えないなんて思い込んでいたのだろう。

「誠人さん？」

冴が覗き込んできた。至近距離で眼が合う。

彼の双眸《そうぼう》は、黒曜石のように澄んでいた。長い時間をかけて大地が作る宝物のような純度。彼の目を取り出して太陽の光に透かしたら、この世のどんな宝石よりも美しいのではないかと思った。それほど深く、果てしない広がりを感じる。

誠人は手を伸ばし、彼の目に触れようとした。

しかし瞼《まぶた》を閉じられてしまう。

「申し訳ありません。眼球を直接触られると痛いので」

「……そっか」

瞼の上から優しく撫でると、その手に唇を寄せられた。

ドキッと胸が高鳴る。

ゆっくりと双眸を開いた冴から、雄の色香を感じた。

「冴……んっ⁉」

突然、唇を塞《ふさ》がれた。

あまりのことに驚いて、誠人は抵抗すらできない。その隙《すき》にもぐり込んできた舌が、誠人の口腔《こうこう》を味わい始める。

舌を搦《から》め捕《と》られて、甘噛《あまが》みされる頃になり、誠人はようやく事態を呑み込んだ。

そしてわかってしまった。信じられない。冴は……キスがうまい。

――誰だよプログラミングした奴！　こんな、キスの仕方なんて、数式に置き換えられるものなのか？

同じ男として、なんだかちょっと屈辱だ。

心の中でそんなことを考えながら、唇はすっかり冴の自由にされている。

「……んっ、ちょ……冴、やめ……」

しゃべろうとするのに、冴はキスをやめてくれない。それどころか顔の角度を何度も入れ替えて、もっと深く味わおうとする。

両手はそれぞれ冴と手のひらを合わせ、畳に縫いつけられてしまっている。

まるで自分が女性にされてしまったみたいな体勢だ。

それはなんだか腹が立つ。キスが気持ちいいから、余計に。

「……っ、冴！」

思い切り顔を横に背け、唇が離れた隙に叱責《しっせき》する。

冴は無理強いしなかった。アンドロイドなのだから命令に従うのは当たり前だ。しかし誠人を見下ろしてくる眼には、切実な何かが満ちていた。

その視線に晒《さら》された誠人の背筋を、悪寒のようなものが走り抜ける。

それは恐れの感情に似ているが、恐怖とは違う種類のものだった。

まるで――狩られることを、予感するような。

「誠人さん……これが、接吻《せっぷん》というものですか？　このように甘く、淫蕩《いんとう》な心地《ここち》になるものですか？」

「さ、……冴？」

「誠人さんの唇が動くのを見ると、腹の辺りがざわめきます。こんなひどい空腹感を、私は感じたことがありません」

「ちょ、ちょっと待った。……おまえ、職人形だよな？　に、人間じゃないんだよな？」

尋ねる声が震えてしまう。

冴の双眸には、どう見ても熱に浮かされた人間のような感情が浮かんでいた。

緊張のあまり喉がカラカラに渇く。

冴は自分の唇を舌で湿らせ、ゆっくりと身を起こした。

「私は職人形です。どうぞ検分してください」

丁寧な仕草で、冴は作務衣を脱いでいく。紐《ひも》を解き、袖《そで》を抜き、畳の上に重ねていく。

均整の取れた上半身が露《あらわ》になり、次に下着が取り去られ、屹立《きつりつ》が目に飛び込んできた。

誠人は頬を赤らめる。どう見ても人間の……雄のもの。

なぜ自分が同性のものを見て恥ずかしがらなければならないのか、理解できない。頭では冷静に判断しようとしているのに、躰が言うことを聞かなかった。鼓動はどんどんと早鐘を打ち、なぜか呼吸まで乱れてしまう。

「……け、検分って、……どうやって」

消えてしまいそうな小さな声で尋ねると、冴に手を取られた。そして彼の肌に導かれる。

「触ってください。誠人さんの手で確かめてください」

「……っ、継ぎ目とか？」

言い訳のように口にしながら、誠人は冴の腕に触れた。弾力のある美しい筋肉と、瑞々《みずみず》しい肌触りを感じた瞬間、理性の箍《たが》が外れる。

誠人も身を起こし、自分から冴に抱きついていた。

唇を求め合い、互いの躰をがむしゃらに愛撫《あいぶ》し合う。誠人の服に冴の手がかかっていたことに、一瞬だけ躊躇《ためら》いを感じた。けれど自分の肌が冴の裸の胸にぴたりと合わさったとたん、迷いは焦燥に変わっていた。

もっと、くっつきたい。

裸の胸と胸を合わせただけなのに、こんな気持ちいいことがこの世にあったのかと衝撃を受けた。

誠人も女性を抱いたことくらいはあるが、こんなふうにはならなかった。

――なんで？　アンドロイドだから？

わけがわからない。ただ気持ちいい。

「誠人さん、男同士でも乳首を舐めていいのですか？」

「えっ？」

向かい合って座った状態で、突然そんなことを尋ねられた。素に戻ってしまった誠人は、思わず冴の腕から逃げようとした。しかしグッと腰を抱き寄せられ、背中が反り返ってしまう。冴の目が、自分の胸の突起に吸い寄せられるのを見てしまった。

「愚問でした。こんな美味《おい》しそうなもの、舐めていけないわけがない」

冴が身を乗り出してくる。そして胸にかぶりつかれた。

「ああっ……！」

まるで女性のような、裏返った声が唇から零れる。

一度は唇を噛み締めて我慢しようとしたものの、胸の突起に繰り返される愛撫に、早々に陥落させられる。

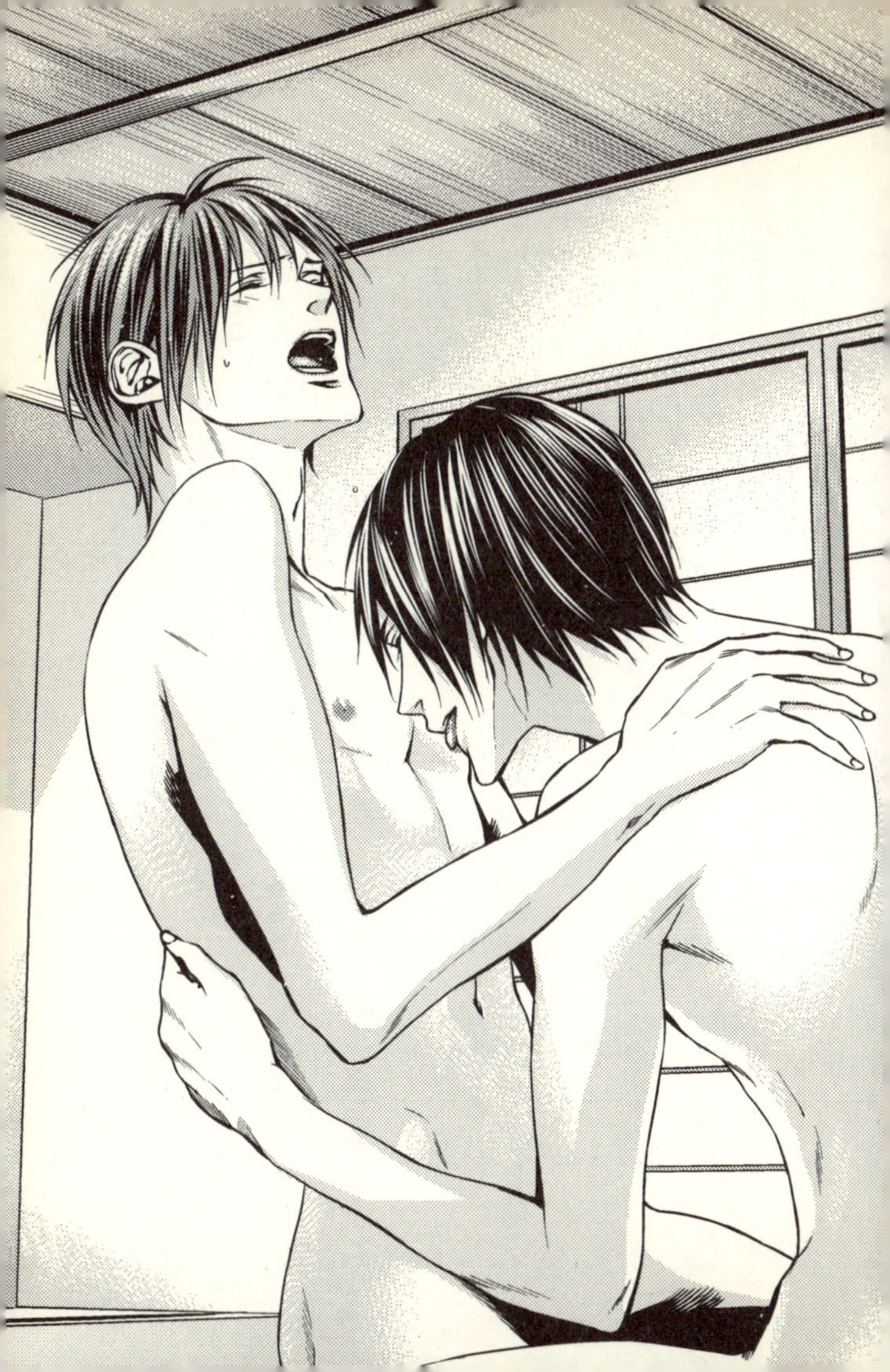

「あっ、アッ……さ、冴、やめ……っ」

「誠人さん、すごいです。これが性交渉というものなのですね。一人で勃起させて擬似射精する時の、あの一瞬だけの快感が、こんなにずっと続くのですね」

「だめ、……そこ、ばっかり…アッ、アァンッ……噛む、な……っ」

「あ、すみません。右ばかり舐めていてはいけませんね。左も責任を持って愛撫します」

「ちがっ…あぁっ！」

尖《とが》っていた乳首に歯を立てられて、濡れそぼって充血していた右側は指で抓《つね》られて、信じられないほどの快感が走り抜けた。

もうわけがわからない。

誠人は冴の頭を抱き寄せるようにしがみつき、倒れ込まないよう必死になった。

冴の腹に、自分の昂《たかぶ》りを擦《こす》りつけてしまう。そして太腿《ふともも》に、冴の屹立が押しつけられているのも感じていた。

——なに？　これ、どうなってるんだ？

かろうじて残っている理性の欠片《かけら》が、想像を絶する事態に混乱しているのがわかった。

男なのにとか、冴は人間じゃないのにとか、断片的に頭を巡る。

それでも思考は、快感の前であまりにも無力だった。

男同士だから気にすることはないとか、人間じゃないから恥ずかしくないだろうとか、気持ちよすぎて疑問を肯定にすり替えてしまう。

「……呼んでください、もっと。誠人さんにその名前を呼ばれると、なぜか鼓動が速くなる気がします」

「冴っ……気持ちいい……！」

心のまま口にしたら、ドサッと畳に押し倒された。四肢を打ちつけたりしないように支えてくれた冴は、すかさず誠人の躰のラインを辿るように身を下げていった。予想外な場所への刺激に驚いて見下ろすと、誠人の昂りに手を添えた冴が、赤い舌を伸ばすところだった。

「やっ、やめろよ！」

誠人は慌てて身を捩《よじ》り、冴の目からはしたないものを隠そうとする。しかし彼は命令に従わなかった。敏感な内腿に手を這《は》わされ、力が抜けたところをグッと割り開かれる。再び仰《あお》向《む》けにさせられた誠人が抗議するより早く、昂りは冴の口腔に飲み込まれていた。

「あーっ！」

鋭すぎる快感に悲鳴を上げる誠人を、さらに追い立てるように、冴は容赦なく舌を絡めてくる。喉の奥まで含まれて、吸い上げられるだけで達してしまいそうなのに、括《くび》れに舌を這わされて、鈴口をぺろぺろと舐められる。

信じられない。

恥ずかしすぎて、顔が燃えそうなほど熱い。

それなのに冴は、嬉しそうに誠人と視線を合わせようとしてくる。

「美味しいです。誠人さんの精液は果汁じゃないのに甘いんですね」

「っ、そんなわけ…あっ！　やっ、噛むなぁ……！」

叱責できたかどうかもわからず、頭が真っ白になる。

四肢をビクビクと震わせて、誠人は白濁を吐き出していた。……冴の口に。

ゴクッと喉を鳴らす音が、やけに大きく聞こえる。冴は飲んだのだ。誠人の精液を。さらに搾り出そうとするように、緩急をつけて吸い上げられる。

「ああっ…はぁ、はぁ……っ」

「すごいです、誠人さん。まだまだ溢れてきます」

「……も、やだぁ…」

「あ、また。ドロッと濃いのが……甘い」

「言うな、ばかっ！」

思わず暴れると、座卓に足がぶつかりそうになったらしい。冴がすかさず身を割り込ませて庇《かば》ってくれた。そのせいで冴の脇腹を蹴ってしまう。

「ご、ごめん！」

慌てて起き上がり脇腹を見ると、うっすらと赤くなっていた。

「ごめん、冴。痛いよな」

「いえ、誠人さんが怪我《けが》をされなくてよかったです」

優しく微笑む冴は、紳士的な職人形に戻っていた。あの、あからさまなほどの雄の色香はもうほとんど見られない。

けれど……彼の屹立は、そのままそびえていた。

――べ、別に、男同士だし、人間じゃないんだし、いいよな。……あ、それに桃の匂いがするか、確かめるのが目的だったし。

「誠人さん？」

手を伸ばすと、冴が不思議そうに誠人を呼んだ。

「黙ってろ」

偉そうな命令口調になってしまったのは、照れ隠しだ。

羞恥《しゅうち》など感じていないと、はじめからこうする予定だったではないかと、冴にも自分にも言い聞かせている。

手にすると、それは自分のものとは比べ物にならないくらい大きかった。

片手で包み込めない。……悔しいような、さりとてこれは人工物なのだから立派である意味当然なのかもしれないとか、いろいろと考えてしまう。

考える余地があるから駄目なのだと、誠人はいきなり高速で扱《しご》き始めた。

冴は一瞬驚いたようだが、誠人に身を任せている。

それはいいのだけれど……じっと見つめるのはやめてほしい。

冴は片膝《かたひざ》を立てた状態で誠人に股間《こかん》を預け、少しずつ身を乗り出してくる。

――早く達《い》けよ。

願いながら、両手で彼のものを刺激する。

不意に、前髪をかき上げられた。そして額にチュッとキスをされる。

――そういえば、工房でも……。

顔を上げると視線が絡み合う。ドキッと胸が高鳴った。冴はなんて優しい眼をするのだろう。

思わず瞼を閉じると、唇に温《ぬく》もりが降りてきた。

啄《ついば》むようなキスが繰り返されるうち、甘い香りが漂ってくる。冴のキスと同じくらい甘い……桃の香り？

――あ⁉

ねっとりと濡れ始めている手を見下ろすと、冴の先走りがついていた。

ふわふわと香る……本当に、果汁風味の擬似精液なのか？

「舐めて」

甘い声でささやかれ、誠人は自分の指を含まされる。

――桃の味だ……。

本物の桃果汁とはもちろん違うけれど、限りなくそれに近い。

冴の言ったことは、すべて本当だったのだ。

「誠人さん！」

突然、抱きしめられた。

誠人は唇を奪われ、濃厚なくちづけを受ける。そして冴は、己の昂りを誠人のものに擦りつけてきた。気づかないうちに、誠人はまた反応し始めていたらしい。

「んっ、ん……ぁうん……」

気持ちよくて、腰が揺れる。

冴が職人形だと、身をもって確かめたからか、残っていたはずの抵抗感が溶けるようになくなっていた。

再び絶頂を迎えるまで、誠人は職人形とともに甘い揺《ゆ》り籠《かご》に身を任せていた。

‡ 2 ‡

職人形の支給を受ける工房には、遵守すべきいくつかのルールがある。

第一に、職人形を弟子として扱い、包み隠さず技術を伝達すること。

黎明期《れいめいき》には職人形を受給しておきながら、一子相伝を理由に伝承を拒んだケースがあるという。雑用だけしかさせていないことがメンテナンス時に発覚し、是正勧告されたが受け入れなかった。結局、その伝統技術は継承されることなく消えてしまった。

その職人の行動は、賛否両論を巻き起こしたという。

職人形のシステムはすべて国民の税金で賄われているのだから、受給した以上は技術をすべてデータ化して国の保有となることに、文句を言える立場ではないという主張。

その一方で、創設されたばかりの「伝統保全庁」というお役所がデータを適正に扱ってくれるかわからず不安だという声も上がり、守り続けてきた一子相伝の技術だからこそ、黙して消えていった職人に同調する人たちも多くいた。

この点については、創設から半世紀近くが経った今では職人形の受給時に厳正な審査が行われ、誓約書を交わすことで一応の決着を見ている。

どうしてもデータ化されたくない場合は、やはり滅びるしかないのだ。

先代が「この技を数字に置き換えられるくらなら、滅びる方を選べ」と遺言を残すケースもある。

次に、守るべき第二のルール。

もし職人形の修行中に、人間の後継者が見つかったとしても、データ化は途中放棄できないということ。

人間の弟子と職人形が同時に修行し、伝統を継承する。

そして職人形が一人前になった暁には、データは国の保有となる。

この項目についても創設当初は反対の声が多かったそうだが、「データ」を残しておくことによって窮地を脱したケースがいくつか報告され、職人も保険として受け入れた。

そして最後に、守るべき第三のルール。

それは、職人形だけで生産活動を完結させてはいけないということ。

つまり製品を作るのはあくまで人間の仕事であって、職人形の目的は労働ではないという意味だ。職人形は無形文化を途絶えさせないための鎹的存在であるため、職人形だけで製品を作り、それを販売することは固く禁じられた。

もちろん修行の過程において職人形が作った製品は、師匠または人間の弟子の点検を経て、販売に回して問題ない。

だが、たとえば職人形だけを残して伝承者が亡くなった場合などは――後継者を募集する一定の猶予期間の後、職人形は国に返還させられる。そして電源の傍《そば》に埋め込まれている

「データ」が回収される。

データを取り出された職人形は、廃棄処分だ。

ボディの再利用が検討された時期もあったようだが、新しい基礎データを埋め込んだはずの職人形が、前の工房での習慣をなぜか躰で覚えていたという事例があり、技術習得の妨げになるということで今では個体の再利用は百パーセントありえない。

また逆に習得済みの「データ」を、新しい個体に埋め込んでも、まったく同じ職人形にはできあがらなかった。

不思議なことだが、人間ではないのに人間のような五感を与えられた職人形は、数字には置き換えられない微妙な感覚を肌で記憶しているのかもしれない。

だからこそ、回収してしまう前に後継者を募集するのだ。

芙蓉工房の場合は、まさしくこのパターンだった。

先代が長患いで入院し、復帰が絶望的と判断されたため、求人が大学に回ってきた。

この場合の求人とは、ほとんど半強制的なものだ。

誠人が籍を置いている大学院は税金で運営されていて、研究実費以外の学費は一切かからない。その代わり国の政策で人材が必要になった場合は、必ず誰かを送り出さなければならなかった。

そしてその枠に、誠人が選ばれてしまったのだ。

——いや、はめられたって言う方が近いけど。

研究室でのやり取りを思い出し、誠人は鈍く痛む胃を押さえる。

求人には所属研究室の教授推薦が必須であるため、普段から何を言われても笑って返し、余計なことは主張せず、実験成果さえ確実に上げておけば研究室に残れると思っていた。

まさか先輩研究員に申請書類を偽造されて、立候補させられるなんて想像もしていなかった。

気づいた時にはすでに撤回できないところまで手続きが進んでいて、誠人は研究室を追い出されてしまったのだ。

偽造書類に推薦サインを書いた教授に説明を求めると、逆にひどく非難された。

教授いわく、誠人が普段から自己主張しないのが悪いそうだ。だから先輩研究員が「入江が自分からは教授にお願いできないって言うので」と言った説明を信じてしまったのだと。

しかも求人が届いたばかりの頃、誠人は「興味がある」と言ったと言い張られ、困惑した。

後で落ち着いて考えてみると、誠人は線香花火を作る「職人形」に好奇心を抱いただけだったと思い出した。技術習得済みの職人形を自由に使える、という求人文句そのものが面白そうだと思った。しかしその時「職人形」は研究室全体で話題に上っていたため、誠人だけが特別に食いついたというわけでもなかった。

――おれのこと、そこまでして追い出したかったんだな。

誠人が別れの挨拶《あいさつ》をした時、数人の研究員が意味ありげな笑い方をしていたことが思い出される。

「これからどうなるのかな……」

真っ暗な部屋の中でポツリと呟いた誠人は、ゆっくり布団の上に起き上がる。

芙蓉工房に来て初《しょ》っ端《ぱな》から衝撃体験の連続で疲れたので、二十二時就寝でも眠れるかと期待したが、やはり無理だった。山道の一時間散歩のせいで身体的には疲労のピークだが、神経が昂っているらしい。

「ルームライト、オン」

誠人は無意識のうちに、声に出して命令していた。もちろんこの家では、それで電気が点くはずがない。

「あ……そっか。紐を引くんだっけ」

天井から電気がぶら下がり、その中心から紐が伸びていたはず。手探りでその紐を摑《つか》み、無事に部屋を明るくすることができた。レトロすぎて新鮮に思える。

誠人が自室として使うことにしたのは、六畳の和室だ。二階の東側に面しており、床の間には明かり取りの障子窓がある。早起きに慣れるにはこの部屋がいいと、冴が勧めてくれた。室内に家具は飾り棚と文机だけで、誠人が持参した着替えや私物は押入れの中の箪笥《たんす》にすべて納まった。

昨日まで暮らしていた街とあまりにも環境が違い、夢でも見ているのではないかと思う。

「……水でも飲もうかな」

布団を抜け出し、誠人は襖《ふすま》を開けた。ひやりとした空気が廊下から流れ込んでくる。まるで屋外に出たような気温差に驚いて身震いした。

板張りの廊下は冷たく、誠人は首を竦めて震えながら歩いた。手探りで電気のスイッチを探し、順に明かりを点けていく。無事に階段も降り台所まで辿りつくと、探検でもしてきたような軽い達成感を味わってしまった。

「グラスを出さないと……ええと」

動作を声に出してしまうのは、音声認識の家事システムが普及した場所で生まれ育ったからだ。「グラス」と一言口にすれば、壁内収納から勝手にグラスが出てきたり、ロボットがしゃべって収納位置を教えてくれたりする。

周囲に人がいなくても、命令や問いかけに答える声が必ずあった。

しかしここにはそういった機械の音が一切ない。

静かでいいが、静かすぎて落ち着かない。

「……水、水、飲料水」

小声で歌うように呟き、誠人は水屋から見つけ出してきたグラスに飲料水を注《つ》いだ。

何気なくグッとグラスを傾け、誠人は目を見張った。

「美味《うま》い。なんだこれ」

「雪解けの天然水だからじゃないでしょうか」

「うわっ⁉」

唐突に背後から話しかけられ、誠人は驚いて手を滑らせる。

「わっ、わっ」

「危ない」

あまり危機感を煽《あお》られない艶やかな声が、耳元で聞こえた。とっさに閉じていた目を開けると、冴は誠人が落としたグラスを見事に空中でキャッチしていた。

「悪い。ありがとう」

「いいえ、お役に立てて何よりです」

冴は穏やかに笑い、グラスを流し台に置く。

彼はまだ作務衣を着ていた。

「その格好……」

「はい？　あ、寝巻き代わりにしています。誠人さんのお召し物は、昼間とはまた違った雰囲気で素敵ですね」

「……いや、普通のパジャマだから」

薄水色の柔らかな生地がお気に入りで、自宅できちんと眠れる日は、このパジャマに着替えると条件反射のように眠りの態勢に入れていた。もっとも週の半分は研究室に泊まり込みだったが。

「眠れませんか？」

「え？　……ああ、ちょっと。まだ日付も変わってないし、普段なら……」

研究室で実験データを取っている頃だ。

そう続けそうになり、誠人は口を閉ざした。自分はもうあの場所には戻れないのに、いちいち回想するのは未練がましい気がする。

「誠人さん、線香花火をしませんか？」

「は？　いきなり何を……」

「今夜は月齢が零《ゼロ》に近い、綺麗な闇夜《やみよ》です。空気も澄んで、絶好の線香花火日和《びより》だと思うのですが」

優しく誘う冴は、キスに夢中になっていた数時間前の彼と同じ人とは……いや、個体とは、思えなかった。

――人間みたいだ。

冷静だったり、興奮すると違う表情が見えたり、職人形というのは本当に人間に酷似しているのだなと今さら思う。

「でも線香花火は商品だろう？　使っていいのか？」

「多少の遊びはあるので構いません。品質管理の一環として、『試し咲き』をさせることもありますし」

――あ、これもおれを花火師にするために必要なことなのか。

大学院での誠人の専門は商業用火薬だったが、線香花火としての火薬を触ったことはないので、とりあえず触ってみたい気もする。

「そうだな。じゃあ、よろしく頼む」

「はい」

にこっと嬉しそうな笑顔を見せられて、誠人はなぜかドキッとした。

――爽やかすぎなんだよ！

言い訳のように主張してみる。

「行くぞ！」

「あ、待ってください。そのままでは風邪《かぜ》を引きます」

「……職人形も風邪を引くのか？」

「いえ、いくら擬似人間でも、風邪のウィルスは体内繁殖できません」

「だよな」

そりゃそうだ、と納得する。

冴があまりにも人間っぽいので、職人形だとわかっていつつ、境界線が曖昧《あいまい》になる。

「少し待っていてください」

そう言うなり、冴は和室を横切って廊下の奥へと消えていった。そちらには風呂やトイレなどの水回りと、冴が使っている部屋がある。元は先代の部屋だったそうだ。

すぐに戻ってきた彼の手には、フリースのブランケットと靴下がきちんと畳んだ状態で抱えられていた。

「お待たせしました。さあ、この靴下を履いて、こちらを肩にかけてください。寒くないですか？　では行きましょう」

テキパキしているが、動作が滑らかなせいか忙《せわ》しない雰囲気ではない。

他人に世話を焼かれるなんて、何年ぶりだろう。誠人はぼんやりとそんなことを考えながら、冴に促されて玄関を出る。

カラカラカラ……。

引き戸が軽やかな音を立て、外に出る。

「暗！」

誠人は思わず口にしていた。

玄関の形に四角く明かりが伸びているが、その向こうには見渡す限り闇が広がっていた。

「これが夜なのか……」

「街には、夜がないのですか？」

不思議そうに尋ねられて、誠人は苦笑いする。

「いや、あるけど。でもこんなに暗い闇はない」

「家が密集しているからですか？」

「それもある。でもそれより街灯とかパネルとかが皓々《こうこう》としてるから、昼間とあまり変わらないっていうか」

万が一薄暗いところがあっても「ライト、オン」と声を出せば、壁や床やらとりあえずどこかが反応する。時にはロボットがどこからともなく現れて、行き先をビカーッと照らしてくれたりもする。

便利で、それが当たり前だった。

「では、花火はどこでするのですか?」

「準備が整ったら、周囲の電気を落とさせるんだ」

「そうですか。よかった」

「よかった?」

「線香花火は、暗い場所の方が綺麗ですから」

冴に促されて、工房とは反対の方向へ歩き始める。誠人は自分の靴を、冴は草履《ぞうり》を履いている。冴こそ寒くないのだろうか。

「では誠人さん、こういう空も、あまりご覧になれなかったのではないですか?」

「え?」

隣に立つ冴の顔は、闇に紛れてもう見えなかった。互いに影の塊になっているのだが、冴が空を指差したのはわかる。

見上げると――。

「……すげぇ」

ダイヤモンドの粉を散りばめたような、目映《まばゆ》いばかりの星空が広がっていた。

星は大小の違いがわかり、星屑《ほしくず》の帯が模様のように天を走るのも見える。

「星ってこんなにあったのか」

知識としては知っていても、理解できていなかった。

周囲に闇が広がっていれば、肉眼でこんなに見られるのだ。

「すげぇ……」

同じ感嘆ばかりが唇から零れる。

とても感動しているのに、他の言葉が出てこない。

「闇が深ければ深いほど、光は美しく輝きます。星も、花火も」

「……だな」

相槌《あいづち》を打ちながらも空を仰いだままでいると、冴がブランケットを肩にかけ直してくれた。

「線香花火の準備をします。誠人さんはここで待っていてください」

「手伝おうか？」

「お気持ちだけ、ありがたく。今夜は誠人さんの『祝い花火』ですから」

「あー……」

曖昧に頷くと、冴は微笑んで踵《きびす》を返した。

影の塊が遠ざかっていくのを見送りながら、表情が見えなくても微笑んでいるかどうかは雰囲気でわかるんだな、と誠人は考える。

逆に言えば、自分の動揺もきっと伝わってしまったということだろう。

「……別にいいんだけど。冴、人間じゃないし」

弱みや隙を見せたからと言って、自分を陥れることはない。

心ない言葉で傷つけられることもない。

「心ない……か。本当に、研究室はそんな人ばっかりだったよな。冴は職人形でも優しいのに」

呟きを自分自身で聞いてから、なんだか妙だと気がつく。

「ん？　ちょっと待て。優しさって心だよな。職人形の冴に心なんて……ないだろ。……心がないから優しいのか？」

ますます妙だ。

思わず真剣に考え込んでしまったところに、冴が荷物を持って戻ってきた。

暗闇でまったく表情が見えなくても、冴が穏やかに微笑んでいるのがわかる。雰囲気というか、空気感というか。

相手が人間であれば、それは内面が滲《にじ》み出たものだと解釈することもできるだろう。だが冴は職人形だ。

——そもそも、心ってなんだ？

そういえば大学の学部生だった頃、哲学の授業でそんな問いかけをされたことがあった。存在するとはどういうことか、心とは何か、うっとり語る教授をよそに学生の大半は居眠りしていて、誠人もほとんど聞き流していた。

あの時教授は、心とはなんだと言っていただろう。

「お待たせしました。寒くありませんか？」

「ああ、このブランケットもあるし。冴こそ寒くないのか？」

「はい、大丈夫です」

冴はにこやかに言うと、その場にしゃがんで準備を始めた。

誠人の目には黒い塊にしか見えない道具を、冴は迷うことなく丁寧に並べていく。

「こんな暗い中でよくそんなにテキパキ動けるな」

「慣れていますから」

慣れという言葉も、アンドロイドが使うとやはり妙だ。しかし学習型の職人形には、当然のことなのかもしれない。

——ま、哲学っぽいことなんて考えても仕方ないか。冴は冴だ。職人形で、人間に従順ってことだろ。

そう結論づけて、誠人は冴の正面にしゃがみ込んだ。

冴は細長い箱を開けて、誠人に差し出してくる。

「どうぞ。一本取ってください」

手を伸ばすと、爪がカツンと箱に当たった。

「え、これ、木箱でできてんの？」

「はい。最高級の『芙蓉』は、桐箱《きりばこ》に納めて販売します。線香花火は湿気が大敵ですから、通気性のいい桐が最適なんです」

撫でるように触ってみると、薄いが頑丈な木箱だとわかる。

「贅沢《ぜいたく》だなぁ」

「それだけの価値があるということです」

自信に満ちた声だと思った。職人形と表記するくらいだから、伝統の技への思い入れは強くなるように作られているのだろう。

「そんなに高級な『祝い花火』をさせてもらえるなんて、おれは幸運だな」

冗談半分にそう言って、誠人は線香花火を一本取り出した。

『祝い花火』とは、十三参りや結婚など人生の節目に親しい人々が集まり、線香花火で祝福する風習だ。昔はある村の儀式だったのが、映画の題材に取り上げられたことがきっかけで、国中に広まった。

安価な工場製品を使う人も多いが、『祝い花火』にはやはり『純手製線香花火』だとこだわる人たちもたくさんいるため、芙蓉工房をはじめとする純手製の工房は、年中製作に追われているのだ。

それゆえに、伝統保全庁がなんとしても後継者をと躍起になっていた事情もわかるのだ。

――わかるけどさ。

「では、蠟燭《ろうそく》を灯《とも》します」

線香花火専用の小さな蠟燭に、ぽうっと橙《だいだい》色《いろ》の火が点く。

小指の爪ほどの大きさしかないのに、目映いほどの明るさだと思った。それは闇が深いからだ。

「いくぞ」

誠人は線香花火の先端を火に近づける。ところが冴が待ったをかけた。蠟燭を手のひらで覆い、誠人から見えなくしてしまう。

「僭越《せんえつ》ながら……。誠人さん、線香花火の持ち方をご存知ですか？」

「持ち方なんてあるのか？」

誠人は無造作に指でつまんでいた。

冴は蠟燭を隠していた手を離し、桐箱から線香花火を取り上げた。宝物のように丁寧に、親指と人差し指でつまみ、中指を添えた。

「このように紙縒《こより》の半分より上の部分を、三本の指でしっかりと固定してください」

言われた通りにやってみる。たったこれだけのことで、紙縒はまるで芯《しん》を持っているようにピンと張った。

「地面に対して四十五度くらいに傾け、火薬を包んでいる先端を蠟燭にそっと近づけて、火を点けてください」

そーっと火に寄せると、すぐに先端が燃え始めた。

「蠟燭から離し、軸を垂直に戻してください。ただし火球が急激に大きくなる場合は、四十五度のまま保ってください。この手順を踏めば火球が落ちるのをかなり防げます」

「へぇ」

感心して、誠人は線香花火を凝視した。

はじめは勢いよく燃えていた火が、収縮するように小さくなり始め、少しずつ玉状になっていく。朱色の火は、ジワジワと音を立てながら丸くなった。そして火球は膨張していく。

綺麗な球体になった頃、パチッと爆《は》ぜて松葉のような形の火花を散らした。パチッパチッと球体の至るところから火花が散る。

その光景はまるで、闇を引き裂く稲妻《いなずま》のようだった。

線香花火の火の演舞は、手元だけで繰り広げられる小規模なものだ。にもかかわらず、圧倒的な存在感を放っている。

夜空に閃《ひらめ》く打ち上げ花火のごとく、『芙蓉』は大輪の華を咲かせる。

その名に恥じない優美な姿だ。

「す……」

すげぇ、と。

口癖のようにしゃべりかけたら、わずかに手が動いた。すると線香花火自体も微《かす》かに上下する。粘り気のある火球は、これくらいで落ちたりしないが、誠人は口を閉ざした。

何も言わなくていい。

今はただ、この線香花火を目に焼きつけておこうと思った。

火球は火花を散らしながら徐々に軸を上がってくる。

やがて、火花の質が変わった。派手に大きく花開く松葉のような爆ぜ方から、細く長い一本の火筋へと変化する。まるで流れ星のように、すぅ…っと流れて闇に消える。次から次へと、流星群のように火筋は舞い降りた。

その状態で、さらに火球は軸を上がってくる。どんどんと短くなってきて、もうすぐ指の位置に到達しそうだ。誠人は慎重に尾の方へ持ち替えた。火球は微かな振動でも軸から落ちてしまいそうになる。持ち替える時には、自然と呼吸を止めていた。再び右手の三本の指で持つと、軸はしっかり固定され、火球も安定する。

「誠人さん、そろそろ終わりにしてください。火傷《やけど》しますよ」

「……いや」

火球はすでに小さくなり、火筋も絹糸くらい極細になっていた。だが舞い続けているのだ。終わりになんてできるはずがない。誠人は指をさらに尾の方へ移動させ、火が消える瞬間を見届けようとした。

「誠人さん、もう十分ですから」

「でも」

火花はとうとう紙縒の最後まで到達し、和紙の飾り部分まで燃やし始める。それでもまだ、微かな火花が散っていた。食《は》むように、じりじりと和紙を進んでくる。そして指先に、チリッと熱を覚えた。

「…っ」

「誠人さん」

冴に手を摑まれ、指を開かされてしまった。ひらりと小さな紙片が舞い落ちる。地面に着地する寸前、完全に火が消えてスゥッと一筋の煙が立ち上った。

誠人は黙って視線を地面に注ぐ。

蠟燭の微かな明かりの中、紙片は三センチにも満たないくらい小さくなっていた。

「誠人さん、火傷していませんか?」

「うん」

「『芙蓉』はいかがでしたか?」

「うん。……すごい」

呆然と呟く誠人の眼裏《まなうら》には、先ほどまでの華やかな演舞が刻まれている。

「……おれ、『祝い花火』をしたことがあるんだ。兄貴が超難関の試験をパスして国の役人になった時とか、姉貴の子どもが生まれた時とか。やっぱり『純手製』は工場製品とは違うなぁって思ってたけど――これはまた、格が違うな」

最高級と銘打たれるのも、桐箱を誂《あつら》えたくなるのも頷ける。

――これが、芙蓉工房の『純手製線香花火』なのか。

作ってみたい、と誠人は思った。

火薬を専門に研究してきた身には、一体どんな調合であのような火花が爆ぜるのかが興味深くて仕方がない。

「ありがとうございます。誠人さんにそう言っていただけると、本当に嬉しいです」

「これ、冴が作ったのか?」

「……いえ、こちらは師匠の作品です」

――なんだ？　今の間は。

冴が何か話しにくそうにしている気がして、誠人は眉根を寄せた。

「冴？」

「申し訳ありません。本来であれば販売に回しておくべき品なのですが、私の判断で一箱だけ残しておきました。――芙蓉工房を継ぐ方に、師匠の花火をじかに見ていただきたくて」

誠人は小さく息を呑んだ。

「それって……役人には？」

「報告していません。製品自体は、品質が保たれていれば製作者は問われないので、報告しないことが違反になるわけではありませんが……」

「……そっか」

冴が言葉を濁した理由には、誠人も心当たりがある。

もっと大きな次元で、芙蓉工房は法を犯していたからだ。

遵守すべき規則、――『職人形だけで生産活動を完結させてはいけない』というもの。

「先代の入院、長引いてるらしいもんな。いくら病院で品質チェックをしてもらえるとは言っても、製作はここんとこずっと一人でしてたんだろ？　そりゃ違法スレスレだよな」

「え？」

ミニ蠟燭の仄《ほの》かな明かりの中、顔を見合わせた。

冴はきょとんとしている。

「病院でチェックって……。誠人さん、ご存知でなかったんですか?」

「……何を」

「師匠はずっと意識が戻っていません。もう、三年近く」

「聞いてないぞ!」

思わず怒鳴っていた。

大学では、高齢で長期入院している先代の復帰が望めなくなったから、と説明を受けていた。そして職人形が一人になってしまったから、至急赴任するようにと急《せ》かされたのだ。

それが——すでに三年も前から、不在だったというのか。

「……じゃあ、冴が作った線香花火を、誰もチェックせずに出荷してたのか?」

「はい」

「どうやって役人の目をごまかしてたんだ?」

「いえ、国からそのように命令されていたんです。完璧《かんぺき》な線香花火を作り続けることと、人間が不在だと誰にも悟られないようにすること……この二つを遵守し、伝統保全に尽くせとのことでした」

開いた口が塞がらなかった。

「……組織ぐるみで隠蔽《いんぺい》してたってことか。なんのために?」

「供給が需要に追いつかなくなるからと聞いています。三箇所の工房のうち、一箇所でも閉鎖すると『純手製線香花火』の価格が高騰するので、せっかく根づこうとしている『祝い花火』の文化が衰退してしまう恐れがあると」

そんなことのために、国は自分たちが決めた法律を犯すのか。

そしてその企《たくら》みに巻き込まれたような気がして、誠人は腹立たしかった。

「申し訳ありません」

「なんで冴が謝るんだよ」

「誠人さんに技術をお伝えできるのが、私だけだということにご立腹なのかと」

「……それは違う」

冴には悪いが、そもそも線香花火作りにそこまで思い入れがない。

ただ、赴任が決まってしまったから。

もう帰る場所がないから。

——線香花火を、作るしかないから。

「冴が一人で作ってた間、品質的なクレームが来たことはあるのか？」

「一件だけ、宅配ロボットが箱ごと花火を水没させてしまったというクレームはあります」

「そりゃ事故だろ。クレームにカウントしなくていい」

「はい。では一件もありません」

それを聞いて、誠人はむしろ安心した。

自分がさほど意気込まなくても、冴がいる限り出荷が滞ることはない。

それに『芙蓉』は確かに美しかった。

どんな形であっても、専門の火薬に携われるならまだマシかもしれない。

「火薬の配合データなんかも受け継いでるんだろ?」

「はい。すべて数値化できています」

「じゃあ、明日から教えてくれ。今日はもう引き上げよう」

冴が素直に片づけを始める。誠人は立ち上がり、背中を向けた。

真っ暗な夜の中を、誠人は家に向かって歩き始める。後は職人形に任せておけばいい。

「誠人さん、おやすみなさい。足元に気をつけて」

「おやすみ」

冴には睡眠など必要ないのだろうけど。

誠人はまっすぐ歩きながら考えていた。将来さえ悲観しなければ、ここでの生活はそれほど苦痛ではないかもしれない。

何よりも他人に気を遣わなくていいのだから。

——職人形は、人間に従順。裏切らない、騙《だま》さない、嘘をつかない。

心の中で、歌うように諳《そら》んじた。

他人の目を気にしなくて済むというのが、こんなに気楽だなんて知らなかった。

——将来のことは、また考えればいいさ。

いつか自分の代わりになる人間を見つけてくるとか。

それまでの間くらいなら、線香花火を作るのも悪くない。

‡ 3 ‡

煉瓦造りの工房は、五つの部屋に仕切られていた。

うち四つは保管庫だ。線香花火の材料となる火薬や和紙を保管する部屋、製品を入れるための桐箱や紙の箱などを置いてある部屋、そして完成品を出荷まで保管する部屋だ。特に最高級の『芙蓉』は火薬と和紙を馴染ませるため、最長で一年ほど寝かせておく必要がある。そのための場所も広く取られていた。

そして五つ目の部屋が作業スペースで、もっとも大きな空間となっている。

誠人は冴に工房内を案内されて、この作業場に戻ってきたところだ。

作業場は三分の二ほどが土間で、一角に一段高くなった畳敷きの部屋のようなものが設けられている。土間と畳スペースに壁はない。

土間には頑丈な木製の机があり、そこには火薬を詰めた浅い木箱がいくつか並べられていた。見たところ、色や粒子の粗さが違い、これらを線香花火用に調合するのだとわかった。

慣れ親しんだ火薬の匂いに、心が浮き立つ。

「冴、配合書をくれよ」

「はい。ですがその前に、一通り作業の流れをご説明します」

「後でいいよ」

「誠人さん」

やんわりと名前を呼ばれただけだが、冴の声にはその姿勢と同じく芯があり、たしなめられている気がした。

楽しみをお預けにされたようで焦《じ》れったいが、今は仕方がない。

相手が職人形とはいえ、今の誠人にとって冴は師匠なのだから。

伝統保全庁から支給された誠人の作務衣は、糊《のり》が利いていてまだぎこちない。それに比べて冴の作務衣はすっかり躰に馴染《なじ》み、とても着心地がよさそうに見える。外見一つを取っても、誠人が新米だと一目瞭然《りようぜん》だ。工房内に他人の目があるわけではないが、ここは自分が冴の進め方に従うべきだろう。

「製作工程は、大きく分類して二種類に分かれます。火薬の調合と、縒《よ》りです」

「より？」

「紙縒の『縒り』です。先にそちらをご説明しましょうか」

冴は火薬が入った両手で包めそうなサイズの木箱を一つ持ち、畳スペースへ促した。

誠人も草履を脱いで畳に上がる。そちらには座卓と、細い短冊状の和紙の束が置かれていた。和紙はカラフルに染め上げられており、青、白、黄、赤、そして緑と一枚で五種類の色を持っている。

冴は火薬を机に置いて胡坐《あぐら》をかいた。誠人は座卓を挟んで向かい側に座る。

「まず和紙を一枚手に取り火薬を一匙《ひとさじ》掬《すく》います。それを和紙のこの辺り……朱色に染められている部分に置きます」

茶杓《ちやしやく》のような竹の匙で掬った火薬を、冴は木箱の真上で待機させている和紙に載せた。

「火薬を内側へ巻き込むように、まずは先端から縒り始め……後は一息に最後まで縒ります」

そう言うなり、冴は指をくるくるっと動かし、線香花火を縒り上げてしまった。

ものすごい早業に、何が起こったのか一瞬わからなかったほどだ。

「完成です」

「……すげぇ」

できたての線香花火を手渡され、まじまじと凝視する。ひらひらしている尾の部分を持って振っても、解《ほど》けることはない。火薬をしっかり抱き込んで、五色のラインは美しい模様に仕上がっていた。

誠人もよく知る線香花火だ。

この紙縒に火が灯ったら、昨夜《ゆうべ》のような美しい火の芸術が見られるのか。

「やらせて」

ずいっと手を出すと、冴は少し考える様子を見せてから和紙と火薬の木箱を渡してくれた。

誠人は見よう見真似《みまね》で、和紙を左手に持ち、匙で掬った火薬を載せようと……。

「あっ？」

匙を傾けたとたん、和紙が火薬の重みで折れてしまった。火薬はバラバラと箱に戻る。和紙には黒い汚れがついてしまった。

——まあいいか。練習だし。

冴も何も言わないので、誠人は再び火薬を掬う。今度は和紙の先端を手のひらに置いてから載せてみた。すると火薬は上手く載ったが、そこから縒ることが難しい。

「……よ、っと」

先端をつまみ、火薬を包み込むように折り込んでみた。すると火薬がざらりと零れる。

「ああぁ」

今度は手が黒く汚れてしまった。零れた火薬を木箱に戻そうとすると、サッと冴の手が伸びてきて受け止める。

「手に載った火薬は湿気を含んでいます」

「……悪い」

冴は頷き、火薬を手拭《てぬぐい》で拭った。

誠人はもう一度短冊に火薬を載せ、慎重にねじる。今度はなんとか紙縒の形にはなったが、歪《いびつ》もいいところだ。きつく縒りすぎて極細だったり、解けそうなほど緩かったりとバランスが悪すぎる。おまけに全体的に黒く汚れてしまっていた。

冴が縒った線香花火と比べると、誠人のものはみすぼらしすぎて火を点けたいとも思えない。

「……難しいんだな」

思わず呟くと、冴は静かに頷いた。

その凛《りん》とした姿勢が、職人の威厳に見えた。

冴を『職人形』という名称の存在ではなく、『線香花火の職人』として初めて尊敬の目を向ける。

誠人は自分が少し恥ずかしくなった。

冴に技術を教えてもらうとわかっていても、心のどこかで職人形だからと見下していたような気がする。

けれど、そんなことではいけない。

職人形だとか人間だとかそういう事情は関係なしに、自分は「教わる」立場なのだと実感した。

「……コツを教えてください」

なんとなく居住まいを正して、小さな声で言う。

冴はそんな誠人に、にこりと微笑みかけた。

「言葉でお教えするより先に、紙を縒るという作業そのものに手を馴染ませることが大切です。まずは百本縒ってみましょう」

「百本⁉」

スポ根という言葉が頭に浮かんだ。一世紀以上も前に流行したらしい、主に身体能力系の風習だ。千本ノックやうさぎ跳び五百段など、聞いただけで眩暈《めまい》がしそうな修行が行われていたというが、ただの伝説だろうと思っていたのに。

「日が沈むまでに、がんばりましょう」

爽やかに宣《のたま》った職人形は、誠人の傍らに短冊の束を置いた。

和紙の厚みに怯《ひる》んだ誠人をよそに、冴は自らも紙縒を作り始める。その手際の鮮やかなこと。百本くらい、難なく縒ってしまいそうだ。

——ほんとに職人だなぁ。

思わず見惚れた。すると五本目の線香花火を完成させた冴が、穏やかに微笑んで匙を誠人の手に持たせる。

——スポ根はこうやって、形を変えて脈々と受け継がれてたのか。

胸の中で呟き、誠人も縒りの作業に入った。

一つ一つの作業をゆっくり、丁寧に。ぎこちないながらも、本数を重ねるごとに破壊度が軽減されていくような気がする。

やがて誠人も、作業に熱中していた。

ふと気づくと火薬の木箱は誠人と冴それぞれの手元にあり、美しい線香花火は畳の上に置かれた大きな木箱に山となっている。

——いつの間に⁉

それに引き換え、自分が作った線香花火は……。

「よれよれ……ックシュ」

誠人はとっさに両手で顔を覆い、躰を捻《ひね》ってくしゃみをしていた。無意識のうちに火薬や和紙から少しでも遠ざかろうとする。

「……っ、ごめ」

鼻をスンと啜りながら机に向き直ると、冴がわずかに目を見張り、それからくすくすと笑い出した。

なぜか誠人の胸が、ドキッと高鳴る。

「……なんだよ」

「誠人さん、自分の手を見てください」

「手？　──あ」

火薬で真っ黒に汚れた両手に、誠人は今の自分の顔が想像できた。

「すごいことになってる？」

「はい。ですが、そんな誠人さんも素敵です」

「…っ！」

──どんなプログラミングされてんだよ！

「誠人さん？　頬が上気していますが、熱でも…」

「ない！」

力いっぱい否定するが、冴は原因が自分にあるとは思っていないらしく、心配そうに顔を覗き込んでくる。

「冴、タラシ科白《ぜりふ》の機能も追加してもらったとか言わないよな？」

「タラシゼリフ……ですか？」

「アクセントが変だ。誑し科白ですか。誑しの科白だって」

「ああ、誑し科白ですか。……私が何か、そのようなことを？」

まったく自覚はないらしい。

「冴って実は天然……ックシュックシュッ！」

くしゃみの二連発に、またしてもとっさに顔を覆った。さらにむず痒い鼻を擦ってしまってから、手が汚れていたことを思い出す。一層すごいことになっているだろう。

「大丈夫ですか？　風邪でしょうか。湯たんぽを置いておけばよかったですね。気づかずにすみません、すぐ用意してきます」

「湯たんぽって何？」

「円筒形の入れ物に熱湯を入れて、暖を取る道具です」

「湯⁉　えらく原始的なことするんだな」

「火気厳禁の工房内ではもっとも効果的だそうです」

確かに、これほど大量の火薬を保管している建物に下手に電気機器を持ち込んで、発火でもしようものなら、火事どころでは収まらない。おそらく大爆発を繰り返し、場合によっては山火事にまで発展してしまうかもしれない。想像するだけで恐ろしい。

だから工房内では、火に繋《つな》がりそうなものを徹底的に排除しているのだろう。

「でもさ、今どきの循環型空調システムなら安全だろ」

「そうなんですか……。師匠が『職人は自然を体感しながら生きるモンだ』とおっしゃって、そういう機械的なものは導入されなかったので」

——それを職人形のおまえに言うのか。

職人形は空調システムなどとは比較にならないくらい、最先端技術の詰まった究極の機械であるというのに。

先代とは一体、どんな人なのだろう。

「火薬や和紙、完成した線香花火に適した湿度を保てるのなら、空調システムを導入することに問題はないと思います。ただ、誠人さんが技術を継承したと伝統保全庁が承認してからになると思いますが」

「……それって、夏までに間に合うのか?」

こんな煉瓦造りの建物で、空調なしで真夏を過ごすのかと想像すると、それだけで茹《ゆ》だりそうだ。

「誠人さんなら、きっと」

曖昧に微笑んで励まされる。

職人形は嘘をつかないが、真実だけをストレートに話すわけでもないらしい。誠人は胡乱《うろん》そうに冴を眺めた。

「無理だと思ってるんだろ」

「簡単ではありませんが、無理だとも思いません。私がつきっきりで技術をお伝えしますから。一緒にがんばりましょう」

誠人は深い溜息をつく。

そしてむず痒い鼻をまた擦ろうとして、顔の惨状を思い出した。

「あ、そうだ。鏡ある？」

「工房内にはありません。誠人さんも一度母屋に戻りますか？　私は湯たんぽの用意をします」

冴は座卓の上を手早く片づけ、火薬に蓋《ふた》をする。誠人も自分の火薬を、同じように片づけてみた。それを見て冴が嬉しそうに笑う。

「私は、夏までに間に合うような気がします」

「そうか？」

工房を出る際に鍵《かぎ》をかけ、二人は母屋に戻る。誠人は先に立ち玄関の引き戸を開けかけたが、手が汚れていることを思い出して冴に開けてもらった。カラカラカラ……と軽やかな音がする。

「そういや、こっちは施錠しないんだな」

「ええ、こんな山の中ですから。ですが工房の施錠は代々きつく言いつけられていると、伝え聞いています。工房を離れるのがどんなに少しの間でも、職人として工房を守れと」

「へぇ」

「誠人さん、鍵をお持ちになりますか?」

「えっ。いや、まだいいよ」

冴が保管してくれるなら、その方がいい。

まだ何もわかっていない今の状態で、大事な鍵を持たされるのは負担だと思った。

「それより顔を洗ってくるから」

話を切り上げて、誠人は一人で洗面所に向かう。冴は台所へ行ったようだ。

一階の廊下の突き当たりに風呂場があり、そこへと続く手前の部屋が洗濯場兼、洗面所となっている。

鏡を見た瞬間、あまりの汚れっぷりに誠人は「うわ」と声を上げた。

「すげぇな。ここまで来たら、いっそアートか?」

指の筋が、いかにも描きました風になっている。

「線香花火メイクとして製品と一緒に流通させるのも悪くな……っぷぇっくしゅん! クシユックシユッ!」

バカらしいことを言った報いか、くしゃみが止まらなくなってしまった。両手で鼻と口を覆ってくしゃみを繰り返していると、冴が入ってきた気配がする。そして前かがみになっている誠人の背中に、ふわりとバスタオルをかけてくれた。布一枚でもずいぶん温かい。

「……クシユッ、……あー、悪い、冴」

「いえ、大丈夫ですか？」

冴が渡してくれたティッシュで派手に鼻をかむ。ずびびと繰り返しているうちに、少し落ち着いた。

「やはり風邪を引いてしまったんでしょうか。熱を測りますか？」

「大丈夫だろ。でもマスクあるか？　こんな状態で紙縒の作業には戻れないよな？」

「あると思うので探してきます。その前にお湯を出します」

「ん、悪ぃな」

壁にはめ込まれている太陽システムのパネルを冴が操作する。博物館級に旧式のシステムではあるが、日常的に使用する湯量であれば難なく賄えてしまうらしい。風呂だけはさらに熱するために、固形燃料での加熱が必要となるのだが。

ほどなく蛇口から湯が出てきて、冴が石鹸《せっけん》をハイと渡してくれた。それを泡立てている横で、冴はタオルを手にして洗い終わるのを待っている。

「おまえはおれの嫁か」

思わず笑って突っ込むと、不思議そうに微笑まれた。

「世の女性は、結婚するとこのようにするのですか？」

「しねぇよ」

「そうなんですか……？」

ではなぜ嫁だと言われたのだろう。そう疑問に思っていることが手に取るようにわかる表情だった。

誠人は手の汚れを落とした後、顔にも泡を塗りつけて念入りに洗う。

さっぱりして顔を上げると、すかさずタオルを柔らかく押し当てられた。そのまま優しく水分を拭われ、鏡の中には背後から自分を抱きかかえるように手を回している冴が映る。

——うーん。嫁っていうより、介護か？

「あ、もしかして先代のこういう世話してたとか？」

ずいぶん高齢だと聞いているし。

「いいえ。するべきでしたか？」

「いや、しなくていいだろ。ただおれに今してるから、習慣かと思っただけだ」

「お嫌でしたか？」

パッと離れようとした背後の冴に、誠人は自分から凭《もた》れかかった。厚い胸板に抱きとめられる。

「全然嫌じゃない。もっとすれば？」

鏡の中で視線が合うと、冴はなぜかフッと眸《ひとみ》を細めた。

優しくて、どこか切なげな表情。

誠人の胸の奥が奇妙に騒ぐ。

「誠人さん……」

声に、熱っぽさを感じた。その熱は、なぜか誠人の胸に飛び火する。とろりと甘く蕩《とろ》けるような感覚がして、誠人は背中を冴に預けたまま彼の肩に手を添えた。

「誠人さん」

冴の手が、誠人の頤を掬い上げる。

誠人は促しに従い、また自らも積極的に喉を反らして、肩越しに冴とキスをした。

「……ン」

食むように唇を覆われる。冴の手に喉をくすぐられながら、誠人は自ら唇を開いた。すかさず熱い舌がもぐり込んできて、くちゅりと淫らな水音が生じる。

「……誠人さん、お嫌じゃないですか？」

唇を合わせたままそんなことを尋ねるので、誠人は後ろ手に冴の頭を引き寄せた。身を翻して抱きつこうとしたが、冴の手がいつの間にか作務衣の袷にもぐり込んでいて振り返れない。大きな手のひらが胸を揉《も》むように触れてくる。

「お嫌じゃないですか？」

呼吸を弾ませながら、キスの合間に冴は再び尋ねた。

「なんで、ンなこと聞く？」

舌を伸ばして挑発するように冴の唇を舐め、聞いてやる。すると冴は誠人の舌を甘噛みし、思い切り吸い上げてから掠《かす》れた声で呟いた。

「……わからないからです」

「ん？　……んっ」

誠人は横向きになってうなじを抱きかかえられ、ほとんど上を向かされた状態で冴に圧《の》しかかられる。痛いくらい強く舌を吸われ、ぞくぞくと背筋に快感が走るのを感じた。

「誠人さんを見ていると、私はこうしたくてたまらなくなります」

「……こう？」

「抱きしめて、接吻をして、あなたの肌に触れて、舌で味わいたい。——舐めてもいいですか？」

「……っ、な、何を？」

「誠人さんのすべてを」

艶やかな声を直接耳に注ぎ込むように、冴は言った。

カーッと全身が燃え上がるように熱くなる。

「耳も、美味しそうです」

「あっ」

耳孔に舌を差し入れられ、誠人はぶるっと身を震わせた。

「誠人さんは甘い匂いがします。誠人さんの匂いを嗅ぐと、私は淫蕩な心地になります」

「さっ、冴、冴っ！」

——そういうやらしいことを言うな、バカ！

自分を拘束するように抱きしめる男の腕を、誠人はバシバシと叩《たた》いた。

「おまえ、ちょっと待て。発情期の雄犬かよ！」

「人間に発情期はないのですか？」

「っ、ないとは言わないけど」

男にはセックスのことしか考えられないお年頃がある。あれを発情期と言えなくもないんでは、などと考えた誠人は、冴に隙を与えてしまった。作務衣をすっかりはだけられ、じかに撫でられてしまう。

「よかった。では私は欠陥ではないのですね」

心からホッとしたような声に、誠人はいつの間にか閉じていた目を開けて冴の表情を探った。

目が合うと、微笑みかけられる。胸の奥が、きゅっと甘い痛みを覚えた。

「欠陥、って？」

「昨日の誠人さんの味が忘れられなくて、もう一度舐めたくて仕方がありませんでした。こんなふうに我慢が利かなくなるのは初めてなので、躰のどこかに欠陥が生じたのではないかと疑っていました。ですが問題なかったようです。私は発情期だと思います」

「なっ、何を……」

「本当に壊れたように誠人さんのことばかり反芻していたのです。特に乳首の歯ごたえと、性器の舌触りや精液の味が…」

「言うなっ、ばか！」

冴の腕の中で身を翻した誠人は、彼の唇に勢いよく噛みついた。頭を抱き寄せて唇を塞ぎ、いやらしい言葉を言えなくさせてしまう。

しかし冴は怯むどころか、むしろ積極的に舌を絡めてきた。そして同時に誠人を抱きしめ、もどかしげに躰を撫でる。冴の手がしっとりしているのを感じた。互いの肌が吸いつくようだ。

「誠人さん、舐めてもいいですか?」

「…っ! ……も、好きにしろ」

「ありがとうございます。嬉しいです」

冴の唇は誠人の頤《のど》を甘く食み、首筋を啄みながら胸元へと降りていく。誠人は洗面台に腰を押しつける形で仰け反らされ、冴の熱い唇と舌に身悶《みもだ》えた。

「あっ、……ぁンッ…」

「誠人さんのその声が、とても好きです」

カァッと頬が上気する。

「言うなよ!」

「……言ってはいけないことでしたか? 私は本当に好きなのですが」

「女みたいだからだろ」

裏返った声を抑えられないことが情けなくて自虐的に口にすると、冴は神妙な顔つきでかぶりを振った。

「いいえ、誠人さんの声だからです。愛《いと》おしくなります」

ますます頬が赤くなる。

——駄目だ。冴は天性のタラシなんだ。

「できればもっと聞かせてほしいです。誠人さんの気持ちよさそうな声を聞けると、私も気持ちよくなります」

真面目にそんなことを言う冴に、誠人はなんとなくこの事態の真相を見たような気がした。

——これ、もしかして『学習』なんじゃないか？

学習型の職人形は、経験を積み重ねることによって、構築されていく。

基礎データとして備わっていたセックスを、昨日誠人と疑似体験してしまったことによって体感経験となり、『セックスイコール気持ちいい』『誠人に触れると気持ちよくなれる』とインプットされてしまったのではないか。

だから同じことをしたくなったのだと考えると、この熱の籠《こ》もった漆黒の双眸の意味がわかる。

嬉しいとか愛しいなどと冴は口にするけれど、職人形にそんな感情があるわけがない。快感を覚えた時はそういう単語で表現するのだと、きっとプログラミングされているのだろう。

それなら別に、恥ずかしがる必要もないのではないかと思った。

——気持ちいいのは事実だし。

とにかく冴は、同じ男としては嫉妬《しっと》したくなるくらいキスも愛撫も巧《うま》いのだ。

「もっと声を聞かせてください。誠人さんにも気持ちよくなっていただきたいのです」

「……ん」

頷くと、冴はパッと笑顔になった。そしてすぐに愛撫を再開する。

裸の胸にくちづけられ、胸の突起を啄まれた。ちゅうっと吸い上げられると、誠人の唇から熱い吐息が零れる。

「気持ちいいですか?」

「……ん。気持ち、いい」

「よかった」

冴の頭を抱き寄せて、艶やかな黒髪に指を絡めた。しっとりとした手触りを、誠人もなぜか愛しいと思った。

――こういうの、『情』っていうのかもな。

相手が人間や動物など生命のあるものでも、職人形のように機械でも、こうして触れ合えば情は移るのか。

人間とはすごい生き物だな、と妙なところで感心する。

排他的な面もあるが、その反面でこんなに懐が広いとは。

だからこそ職人形が存在し続けていられるのかもしれない。

「あっ、……冴、それ……噛むの……」

「すみません。痛かったですか?」

「いや、痛いっていうか……ジンジンする」

「気持ちいいのですね。誠人さんの乳首は吸えば吸うほど尖って、硬くなります。赤く充血してくると、ますます美味しそうに見えて困っていました」

「なんで、困る？」

はぁはぁと呼吸を乱しながら、誠人は尋ねた。しゃべっている間にも胸の突起を抓ったり、舐められたり、もどかしくてたまらない。

「いつまでも舐《ねぶ》っていたらご迷惑かと心配していたからです。でも……いいみたいですね」

「あっ、ンン！」

両方を同時にギュッと押し潰《つぶ》され、誠人は身を震わせた。足から力が抜けて座り込みそうになると、冴の膝が割り込んできて抱えられる。

「も、立ってられな……」

「では誠人さん、私の首にしがみついてください」

腕を回すようにされて、誠人はなんとかしがみついた。すると冴は誠人を抱き上げ、洗面台に座らせてしまう。台の中は水浸しなのに。

「冷たっ」

「すみません。湯を出しましょう」

「え？　そんなことしたら……」

ザァッと蛇口から温かい湯が流れ出し、誠人のズボンを濡らす。それは冴によって脱がされ、下半身を覆うものが何もなくなってしまった。上も作務衣がはだけて肩は露出している。

背中には鏡があり、ひやりと肌を冷やした。

「ちょっと、冴。何を……」

「誠人さん、綺麗です。花火も、星も、山に咲く花も美しいですが、誠人さんのような美しさを私は知りませんでした」

「……冴？」

うっとりと見上げてくる冴に、誠人は戸惑いを隠せない。冴は両手で誠人の躰を撫でまくり、唇を至るところに這わせた。

「誠人さん、勃起していますね。嬉しいです」

「ああっ」

いきなり咥《くわ》えられ、誠人は四肢を強張らせる。流しっぱなしにされている湯が、バシャッと跳ねた。

「脚をもっと開いてください。私にすべてを見せてください」

「ばか、駄目だって。そ、っな、…しゃぶったら……あっ、あっ…」

「美味しいです」

「ン、はぁ……っ！」

巧みな舌使いに翻弄《ほんろう》される。誠人は身を捩り、我知らず腰を浮かせていた。冴の口腔に深く飲み込まれることを望むように、緩く腰を動かしてしまう。

「冴、冴……っ」

「誠人さん、達ってください」

「……はなっ…せ……」

髪を摑み、自分の性器から引き剝《は》がそうとした。けれど快感に痺《しび》れた指には力が入らず、抵抗に遭ってしまう。

「飲みたいのです。どうぞそのまま、私の口に出してください」

「ばかっ、何、言って……ああっ、ンッ、歯、立てっ…な……！」

「ほんの少し痛みを加えた方が、誠人さんは感じるようです」

「……っ！」

――分析するな、バカ！

「それから強く吸うと……」

「あーっ！」

頭の中が真っ白になる。ドンッと躰が爆発したように、堪《た》える間もなく誠人は吐精していた。冴は誠人の腰を抱え込み、最後の一滴まで搾り取ろうとするようにしゃぶり続ける。

「あっ、あっ、あっ……」

ビクビクと誠人が痙攣《けいれん》するたびに、冴は美味しそうに喉を鳴らした。気持ちよすぎてどうにかなってしまいそうだ。

洗面台の中に座っているという妙な状態にもかかわらず、弛緩した誠人は指一本動かすことができなかった。

そんな誠人を、冴は飽きずに愛撫し続ける。

なぜこんなことになったのか、わからないけれど。

相手が別に恥じらう必要のない職人形ならば、我慢することもないのではないかと思った。

——だって、こんなに気持ちいいんだから。

「誠人さん、また硬くなってきました」

「……おまえが離さないからだろ」

「すみません。愛しくて」

ドキッと胸が高鳴る。

愛しいなんて、職人形の冴にとってはなんの意味もないただの単語なのに、動揺させられたことがなんだか悔しい。

「……なあ、冴は？」

「もちろん勃起しています」

それは自信たっぷりに言うことなのか。

「……しなくていいのか？」

「あの、扱きたいのは山々ですが、それよりも誠人さんを触りたいし、舐めたいのです」

「だからっ」

——そういう恥ずかしいことを言うな！

怒鳴りそうになったが、職人形相手に恥ずかしいと感じること自体が恥ずかしい。

「……誠人さん？」

「なんでもない。ここから降ろせ」

「私が何か粗相をしましたか？」

悲しそうな表情をする冴に、誠人は両手を伸ばして抱きついた。

「一緒にしようって言ってんだよ。おまえの手は二本しかないんだから、おれが手伝ってやる」

「本当ですか？　嬉しいです」

ぎゅっと抱きしめられて、気持ちいいと思った。

昨日だけでなく、一日が経過した今日になってもくっつくだけでこれほど気持ちいいなら、楽しまなければ損だと誠人は開き直る。

「床にタオルを敷けよ。その上でやろうぜ」

「あ、でも誠人さん、風邪気味だったのでは……」

「今は暑いくらいだから平気だろ」

「どうせなら布団を敷きませんか？」

「そんな本気のセッ…」

怒鳴りかけて、口を噤《つぐ》んだ。冴に他意はないのだ。ただ、単純に布団の方が温かいだろうと気を回しただけのこと。

「ここでいい。おまえが被《かぶ》さってあったためろ」

「はい」

嬉しそうに笑い、冴は厚く敷いたタオルに誠人を横たわらせた。

手を伸ばすと、冴は自分の作務衣を脱ぎ捨て、ぴたりと覆い被さってくる。一糸まとわぬ姿になった冴の中心には、すでにはちきれそうなほど勃起したものがあった。

抱き合うと、互いの昂りが触れ合う。自然と腰が揺れてしまった。

「……それ、気持ちいいです。こうして腰を動かしたら、手を使わなくても気持ちよくなれるんですね」

冴は誠人の下肢に自らのものを擦りつけるように、小刻みに腰を動かし始めた。

雄の象徴が、自分の躰を使ってさらに硬くなろうとしている。

男としては屈辱を感じてもよさそうな事態であるのに、なぜか誠人は興奮した。太腿をわざと動かし、冴のものを刺激する。

唇を隙なく合わせて呼吸と唾液《だえき》を交換しながら、狂おしいほどの愛撫を受け、互いの昂りを刺激し合う。

めちゃくちゃなことをしていると、誠人は理性の片隅で思っていた。

けれどもう、止めることなどできないとも思っていた。

「誠人さん、舌を……もっと舌を吸わせてください」

「んっ、ふぁ…っ」

ぐちゅぐちゅと淫靡《いんび》な音が、唇でも、もっと下の方でも聞こえる。誠人も冴の舌を吸い返し、とうとう彼の背中にしがみついた。

「……っ、いく…っ！」

「私もです。誠人さん、誠人さん、――誠人さん！」

冴も誠人を抱きしめて、激しく腰を打ちつけてくる。まるで抽挿《ちゅうそう》でもするように、がくがくと小刻みに腰を動かし……二人して四肢を強張らせた。

「ん――っ！」

熱いものが腹にぶちまけられる。

二人分の白濁が、まざり合って互いの腹を濡らした。

冴は誠人の上に重なり、荒々しい呼吸を繰り返している。

そんな男の背を緩く抱き寄せたまま、誠人は瞳を閉じた。

鼓動が聞こえる。自分と同じくらい速いそれは、一体なんなのだろう。職人形の体内には、何が流れているのだろう。

――冴の精液って……水の時も、甘いのかな。

‡　‡　‡

それからの毎日は、順調に過ぎていった。

朝から夕方まで線香花火を作り、時々休憩と称して母屋に帰っては肌を重ね、暗くなるとその日に誠人が縒った線香花火を「試し咲き」させる。

商品用と同じ火薬を使っているのに、縒りが違うだけでまったく線香花火らしい火花を散らさないことに、誠人は驚かされた。

紙縒の数を重ねれば重ねるだけ外見は改善されていくが、火を点けると違いがはっきりしてしまう。

冴が縒った線香花火も試し咲きさせてもらうと、初日の『芙蓉』と同じくらい繊細かつ迫力のある、優美な火花が舞い踊った。

一体何が違うというのか。

ある程度、紙縒を作る手も慣れたので、冴にアドバイスをもらって誠人は練習を重ねた。

その一方で、冴は黙々と製品としての線香花火を作る。

もともと冴は三年もの間、一人で製造も出荷もこなしていたのだ。誠人が邪魔さえしなければ、作業量自体に問題はない。

製品は一週間に一度、伝統保全庁の手配したトラックが取りに来る。

旧道対応されたトラックに人間は乗っておらず、運転席には工業用の代替ロボットがちょこんと座っていた。それは通常、プログラムされた通りに製品を回収して街へと戻っていく。しかし何かトラブルがあった場合は、所有者がロボットを遠隔操作できる仕組みになっていた。

今日もトラックから降りてきた代替ロボットは、ネジやゴムなどのパーツが剝《む》きだしの手で「発注書」を冴に渡し、一緒に工房の保管室へと入っていく。二本足で余計な音は立てずに歩くが、動作がカクカクしていた。工業用ロボットの大半は、あのようにあからさまにロボットらしく作られている。それもアンドロイド法に記されているらしく、誠人にとってはあの工業用ロボットの方が子どもの頃から見慣れた姿だ。

すたすた歩く冴の後ろを代替ロボットがカクカク歩き、さらに少し遅れて誠人もついていった。

保管室では、冴が示した線香花火をロボットがスキャン照合している。その横で冴が台車に出荷用の木箱を載せていくので、誠人も手伝った。

ロボットは台車をトラックまで運び、難なく木箱を積んだ。そして冴から納品書を受け取ると、来た時と同じく運転席に収まって去っていく。

誠人は冴と並んでトラックを見送り、フェンスの門を閉めた。

ロボットとはいえ、他人の目がなくなるとホッとする。

「では、工房に戻って続きを作りましょうか」

冴はそう言って、赤煉瓦の建物へ戻り始めた。

作務衣に包まれた広い背中を眺め、誠人はのろのろとついていく。母屋の中とは違い、建物の外に出ると、冴は素っ気なくなるような気がする。誠人にはそれがなんだかおもしろくなかった。

なんとなく唇を尖らせていると、不意に冴が振り返る。

満面の笑みを浮かべていて、ドキッとさせられた。

「誠人さん、見てください。桃の花が咲いています。もう春ですね」

「ええ?」

敷地をぐるりと取り囲んでいるフェンスの外を、冴はまっすぐに指差す。誠人は一帯に視線を走らせて、ようやく白っぽい花をつけている木を見つけた。周囲の木に比べて背が低く、簡単に折れてしまいそうな儚《はかな》さがある。

「こんな距離で、桃だってわかるのか?」

「はい。師匠が教えてくださったので」

「……へぇ」

なぜか胸の奥の方に、もやもやとしたものが生じた。

「私は季節の移ろいが大好きです」

「物好きだな。普通の人間は暑いのとか寒いのを嫌がるけど」

「……そうですか」

冴の声がわずかに沈む。

さっきとは違ったふうにドキッとした。冴を傷つけてしまったのではないかと思った。

「や、おまえが職人形だからとか、そういう意味じゃなくてさ。ちょっと個性的な奴を見ると、人ってすぐに『普通の人間はこうなのに』って表現をするんだよ。『普通の人間』ってそもそもなんだ、って感じなんだけどさ。『普通』なんて概念、一体誰が決めるんだか」

誠人は言い訳のようにまくしたてる。

なぜこんなに焦っているのか自分でもわからないけれど、冴を悲しませたくないと思った。

「では職人とは、自ら『普通の人間』と一線を画そうとするものなのでしょうか。師匠はよく、『おめぇも職人なら』という言い方をされていました」

「あー……そうかもな」

冴の中には先代の言葉や生き方が刻み込まれていて、おもしろくなくなる。

自分などここに来てまだ一ヶ月ほどしか経っていないのだから当然の状況なのに、頭ではわかっていても不快なのだ。

「おまえ、先代のことダイスキだよな」

「はい。私がこの世に存在できるのは、師匠のおかげですから」

「……そりゃ、そうだけどさ。伝統の技を残すためなんて勝手な理由で作られた……って恨んだりしないのかよ」

　そんな問いかけに、冴は優しく微笑んだ。

「いいえ。師匠には感謝しかありません。私を必要としてくれたし、技術のすべてを惜しみなく教えてくださった。はじめはとても厳しく、叱《しか》られることばかりでしたが――『頼む』とおっしゃったんです。ご病気で倒れられ、意識が朦朧《もうろう》としている中で、私の手を握って……『冴、頼む』と。私が存在し続ける理由をくださったのです。だから私は――この技を決して絶やすまいと思いました。万が一自分が壊れても、データを残せる職人形であることを感謝しています」

　穏やかな、それでいて意志の宿った強い言葉だと思った。

　人間に従順だとは聞いていたが、ここまで深く、師匠を想《おも》えるものだろうか。

　――これも、プログラミングなのか？

　伝統の技を受け継ぐためだけに創られた職人形だから、師匠への感謝の心がデフォルトでもおかしくない。

　しかし冴が穏やかであればあるほど、なぜか誠人は悲しくなった。

「何より今こうして誠人さんと一緒にいられることが、師匠への感謝をさらに深くします。誠人さんが芙蓉工房に来てくれてよかった。誠人さんの隣で春を迎えられることが、私には幸せでなりません」

「冴……」

切なくて、胸の奥が引き絞られるような感じがした。誠人は無意識のうちに自分の作務衣を握りしめる。

その時、二人の頭上を小鳥の群れが飛んでいった。

細い桃の木に向かって一直線に滑空し、忙しなく枝にとまる。

「あっ、冴、鳥だ。十羽以上いるんじゃないか」

「きっとメジロですね。甘い花の蜜《みつ》に呼ばれて飛んできたのでしょう」

「……それも師匠が教えてくれた？」

「はい。私がここに来てすぐに、食べるから捕ってこいと言われて……」

「ええ⁉」

あんな小鳥を食べるというのか。誠人は眉をひそめた。

「私ができないと拒否すると、師匠は理由を聞かれました。『職人形には行けない場所だから』できないのか、『メジロを捕りたくない』のか、どちらだと。正直に捕りたくないからだと答えたら、師匠は『ならいい。本当はメジロを食う習慣なんかない』とおっしゃって、初めて笑いかけてくださったんです」

冴が淡々と話すのを聞いて、もしかして先代は冴を試したのではないかと思った。

アンドロイドに心はない——それは事実。

けれど『究極の擬似人間』と言うのであれば、職人形には意思のようなものが必要だと考えたのではないか。

だから冴がなんと答えるか、聞いてみたのだろう。

そのやり取りにも考えるべきところがあるが、誠人はそれよりも冴の言葉が気にかかった。

「『職人形には行けない場所』って、なんだ?」

「あの桃の木があるのが、敷地の外だからです」

確かにフェンスの外側に生えているが、別に崖《がけ》があるわけでもなし、危険には見えないのだけれど。

意味がわからずにいると、冴は漆黒の眸をわずかに見張って誠人を見つめる。

「もしかして誠人さん、ご存知ありませんか? 職人形は、登録されている敷地の中でしか活動することができません」

「え、そうなのか? ……まあでも、人間の世界も結構そういう制約はあるぜ? おれがいた大学院も、網膜と顔認証のパスがないと研究棟に入れなかったし」

セキュリティ技術が発達している都市部では、その気になれば一人の人間の朝から晩までの行動ルートをすべて調べることができるくらいなのだ。プライバシーの保護とセキュリティの間で議論が重ねられている。

だから冴の行動範囲が登録されていたとしても、特に驚くことではないと思ったのだが。

「いえ、もっと厳しい制限です。職人形が敷地を出るということは、アンドロイド法に抵触し、逃亡と見做《みな》されるという意味です。人間界の混乱を避けるため、職人形は決して一般の人と関《かか》わってはいけませんから」

「なんだそれ。混乱って、別に見た目もわからないし……」

「わからないから問題なのだと思います。歴史から学んだ結果の規則だそうです」

それは半世紀ほど前に起こった、未曾有《みぞう》の大混乱のことを示しているとわかった。

誠人は教科書でサラッと知らされただけで、詳しいことを知らない。しかし考えてみれば、先代などは子どもの頃にリアルタイムで体験していたのではないだろうか。

それなら誠人の世代には過剰に思える厳しい制限も、仕方がないことなのだろうか。

「……逃亡の意思なんか全然なくて、間違えて敷地から出ちゃった場合とかはどうするんだ？」

「警告されるそうです」

「誰から？」

侵入防止センサーさえ張り巡らされていないことは、確認済みなのに。

冴は騙されているのではないかと思った。いや、騙すというより、そうインプットされているというか。とにかく敷地から出たら警告されると信じ込まされているだけで、実際は何も起こらないのではないかと誠人は疑っていた。

「強いて言うなら、自分自身からでしょうか。経験したことはありませんが、人間でいう心臓に当たるこの電源の部分が、データ保護に向けた活動を開始するので、それを警告として感じ取れるそうです」

「ん？　ちょっと待てよ。その電源とかデータがどうのって、前にも言ってなかったか？」

「誠人さんが芙蓉工房にいらした日のことですね。電源はないのかと聞かれたので、誤ってデータが初期化されないように、電源は体内にあるとご説明しました」

「あー……」

そうだ、言っていた。

それを聞いて誠人は悪趣味だと思った。

「じゃあ、『データ保護に向けた活動』って具体的にどうなるんだ?」

「機能停止です」

間髪を入れずに返された言葉があまりにも淡々としていて、意味がわからなかった。

しかし冴は当たり前のような表情で続ける。

「たとえ逃亡するような個体であってもデータ化された技術は必要ですから、敷地を出た職人形は身体能力をすべて奪われ、仮死状態になります」

「なんだそれ!」

思わず怒鳴った誠人を、冴は驚いたように見つめる。

「だってそれじゃ、軟禁されてるのと一緒じゃないか! 別に逃げたいわけじゃなくて、たとえばあの桃の木を近くで見たいだけだとか……そうだ、師匠のことが心配で病院に見舞いに行きたいとか、あるだろ!?」

冴が少し困ったように、穏やかに微笑み続けるから余計に、誠人は激昂《げっこう》してしまう。

「人間と同じ感覚を知るべきだとかもっともらしい理由で外見も五感も人間そっくりに作っ

たくせに、なんでそこまで行動を制限したりするんだよ！　そんなの……あんまりじゃないか」

誠人は両手を握りしめ、腹の底に煮え滾《たぎ》る感情を吐き出していた。

なぜかわからないが悔しくて仕方がない。

それなのに冴は、すべてを悟りきった表情で言うのだ。

「仕方がありません。職人形ですから」

「……っ！」

ショックだった。

当然のことなのに、冴が従順であることに誠人は衝撃を受けていた。

「……おまえは、それでいいのかよ」

「何よりの幸せです。なぜならこうして誠人さんと出逢《であ》えました」

本当に幸福を感じているように、冴はうっとりと双眸を細める。

凛としていて、優しい。

優しすぎて、もどかしい。

「……冴、おれのこと……どう思ってる?」

なぜか心臓が早鐘を打っていた。

わけのわからない緊張感に、手のひらが汗をかく。

どくん、どくんと鼓動がやけに大きく聞こえた。

そんな誠人をまっすぐに見つめ、冴は夢見るようにささやいた。

「線香花火を好きになってもらいたいと思っています」

――バカヤロウ！

怒鳴りつけてやりたかった。

暴れて、冴を殴りつけてやりたいと思った。

そんな衝動が駆け巡り、けれど同時に泣きたくなって、結局誠人は何も言えない。

「誠人さん⁉」

踵を返し、母屋に向かって走りだした。

涙が滲む理由がわからない。

ただ、もどかしくて――つらかった。

冴は芙蓉工房のために存在する職人形なのだと、今さら実感した。

‡ 4 ‡

久しぶりの都市部は、ひどく忙しなく感じられた。

そんなふうに感じた自分を、誠人は不思議に思う。

視覚的には、景観条例に従って都市整備や映像処理が施されているため、さほど慌ただしくないのだ。電車の路線が網の目状に張り巡らされていようが、高速道路が複雑に入り組んでいようが、歩行者からは見えないように作られているので関係ない。

しかし気配は感じる。

遊歩道ですれ違う人の数がいくら少なくても、街には数え切れないくらいたくさんの人間が生息していることが、なんとなく肌でわかった。

それに、常に視線を感じるのだ。

理由はわかっている。ロボットだ。

誠人は今、駅から居住地区に向かって遊歩道を歩いているが、その間にロボットの存在がない場所などまったく存在しない。

清掃ロボットのように姿が見えるものもあれば、情報網という形で張り巡らされているロボットもある。たとえば今、誠人が壁に向かって「電話をかけたい」と言うと、そこはたちまち電話になる。もしもそこが緑地スペースなどでネットワークが整備されていない場所であれば、誠人の要望の声を拾った近くのロボットが電話機能を持った『動ける』ロボットを呼び出し、数十秒後には誠人のもとへ電話が届けられる仕組みになっていた。

誠人にとっては、こちらの方が慣れ親しんでいる場所だ。

生まれてからずっと、都市部で暮らしてきたのだから。

それなのに今、そんなロボットたちの『視線』を感じてしまう自分に、誠人は戸惑いを覚える。

挙句の果てに、駅のトイレでは自分の手でドアを開けようとしてしまった。無意識のうちに手を伸ばしていて、自動で開いたことの方に一瞬驚いたのだ。

そんな自分自身に笑ってしまった。たった一ヶ月半ほど過ごしただけで、驚くほど工房での生活に慣れていたことに気づかされる。

そして工房の空気が懐かしくなった。

——冴、ちゃんと留守番してるかな。

離れてからまだ半日も経っていないのに、もう何度も冴のことを思い出している。

心配する必要などないと、頭ではわかっているのだ。

冴には今日の線香花火を作るという仕事があるし、そもそも彼は三年もの間、たった一人で芙蓉工房を守ってきた。

誠人と暮らし始めて、まだ一月半も経っていない。

むしろ久しぶりに一人で過ごせると、羽を伸ばしている頃だ。

——いや、それはないかな。

誠人がせっかく縒り方を覚え始めたのに、数日間休むことで感覚が鈍ってしまわないかと心配しているのではないだろうか。

そちらの方が、真実に近そうだ。

冴にとって誠人は、大切な後継者なのだから。都市に居座って戻ってこなかったら困ると、心配しているかもしれない。

——我ながら思考回路が自虐的だな。こっちに戻ってきたからか?

心の中でとりとめなく考えながら、誠人は遊歩道を歩いた。

ほどなく巨大なマンションが建ち並ぶ居住地区が見えてきて、歩道の終着地には『ご案内ロボット』と呼ばれる自動車がたくさん行き来していた。市販の事務椅子《いす》ほどのサイズだが、これでなかなか快適な乗り心地なのだ。今は帰宅ラッシュだからか、幹線道路側の歩道から歩いてくる人間もたくさんいて、ひっきりなしに乗り降りしている。

誠人のもとにもすかさず一台の自動車が停車した。そして誠人の身体データをスキャンすると、瞬時に住人ではないと判断する。

「いらっしゃいマセ。目的地マデお連れいたしマス」

「まだ早いから、歩いていくよ。ルートだけ示してくれ」

「カシコまりまシタ。目的地と到着希望時間を教えてくだサイ」

誠人が部屋番号と時間を言うと、自動車は空中に三次元フォログラムを投影した。見知らぬ建物が増えていて、ずいぶん様変わりしている。

「目的地マデ、歩くと五十五分かかりマス。希望時間には間に合いまセン」

「え、もうそんな時間？」

空を見上げると、いつの間にか薄暗くなっている。しかしかなり上空まで街の明かりが放たれていて、日が沈んでいることにさえ気づけなかった。

「時速十五キロで走ると間に合いマス。走りマスカ？」

「いや、無理だから」

思わず誠人は苦笑いで答えていた。ロボットの生真面目さが無性におかしい。

「デハ迂回《うかい》をして希望時間チョウドにお連れしマス。乗ってくだサイ」

「ああ、頼む」

頭上のトランクに荷物を入れ、誠人は自動車に乗り込んだ。シートベルトが自動的に装着され、車体が浮き上がる。そして音もなく発進した。あとは任せておけば勝手に到着する。

多くの自動車や人が行き交うのに、居住地区は静かだ。

静けさは山の中と似ているが、静寂の種類が違うような気がする。

遠回りをした自動車は、時間ちょうどに目的地に到着した。

部屋番号の下に『入江』といかめしい木の表札がかかっている。

大学で寮に入るまで、誠人はここで暮らしていた。

いわゆる実家だ。

「……呼び出して」

深呼吸をしてからドアに向かって話しかける。するとセキュリティシステムがすぐに誠人をスキャンして、勝手に施錠が解かれてドアが開いた。

自分は今ここの住人ではないのに、勝手に開けていいのか。

そんな心配をよそに、開いたドアの向こうから誠人めがけてチビたちが突進してきた。

「まこっ兄ちゃんおかえりなさいー！」

「おばーちゃん、誠人兄ちゃんが帰ってきたよー」

わらわらわらと脚に甥《おい》や姪《めい》たちがしがみつき、その後をベビーシッターロボットたちが追いかけてくる。

チビは五人までは数えたが、後は放棄した。全員がそろうと、赤ん坊を含めて全員で十六人いるはずだ。誠人自身が七人兄弟の末っ子であり、珍しい話ではない。医療の進歩と福祉の充実で、望めばどんなにたくさんの家族でも持てる。少子化が社会問題になっていた時代など、今となっては想像もできない。だからこそ同じ時代に起こったアンドロイド問題も、今は夢物語のようでしかないのだろうか。

「誠人サン、お帰りなさいマセ」

メイドロボットはボストンバッグを受け取ると、廊下の奥へと案内する。チビたちはベビーシッターロボットの管轄で、互いに連携はするものの、役割分担はきちんとできている。

リビングに入ると、兄姉たちはすでに顔をそろえていた。

両親はソファにゆったりと腰掛け、子どもたちに囲まれている。

彼らは誠人の姿を見ると、一様に歓迎の表情を浮かべた。

「お帰り、誠人。遠いところから大変だっただろう」

三つ揃《ぞろ》いに身を包んだ父が、ソファから立ち上がって誠人を迎える。

父を筆頭に、兄たちは皆、国の役人だ。誠人だけが研究者の道に進んでいた。

「お父さん、還暦おめでとうございます」

「ありがとう。こうして元気でいられるのも、お前たちのおかげだ。さあ、こちらに座りなさい」

「あの、すみません。俺、家で着替えたらいいと思って……」

兄たちはすでに正装していた。誠人はワイシャツとスラックスを着ているものの、ドレスコードには引っかかってしまうだろう。

「では挨拶だけして、奥で着替えてきなさい。すぐに食事が到着する」

「はい」

行儀よく愛想笑いを浮かべて、誠人は言われた通りにする。

兄姉とその伴侶《はんりょ》、そして子どもたちに挨拶をして奥へ引っ込もうとしたところで、メイドロボットから渡されたボストンバッグの中身を思い出す。

「あの……お父さん。もう『祝い花火』は用意されてると思うんですが……よかったら、これも加えていただけませんか？」

鞄《かばん》から桐箱を出して、父に差し出す。

緊張から、胃の辺りがキリキリした。

けれど笑顔を貼《は》りつかせ、誠人はいい息子を演じる。

「おまえも用意してくれたのか。気を遣わせてすまないな。こんな高価そうな線香花火、大変だったのではないか？」

――今だ。言うなら、今しかないぞ！

誠人は勇気を振り絞り、口を開く。

「これはおれの師匠が作った線香花火です。おれは今――純手製線香花火の工房に、勤めています」

そう言った途端、父の顔が強張った。

子どもたちは相変わらずきゃあきゃあと声を上げて走り回っているが、大人たちはシンと静まり返る。

母が慌てたように立ち上がり、父の隣に並んだ。

「誠人さん、研究室から出向になったのではなかったの？」

大学院の寮を出る際、実家にはそのように連絡していた。

「……表向きは、出向です。だから研究者としての籍は、大学院の方にまだあるそうです。でも……恐らく戻ることはできません」

「表向きとはどういうこと？　誠人さんの意思で就職したのではないの？」

「……ええと…」

なんと説明すればいいかわからなかった。

同僚にはめられたとは言えないし、絶対に言いたくない。

それに出向の形が取られたのは、おそらく空白の三年間をカモフラージュするためだ。先代が入院してから誠人が赴任するまでの、冴が一人で切り盛りしていた時代、専任ではないが人間の職人がちゃんといたと書類を改竄《かいざん》するために、誠人の経歴が利用されているような気がする。

そのことに気づいた時は腹が立ったが、今はもう気にならない。

真実が露見すれば、きっと冴が罪を被せられて廃棄処分にされてしまうだろうから。それだけは絶対に許せない。

母には言えないことが多すぎて、誠人は曖昧に微笑んだ。

愛想笑いだけは昔から得意だ。

「誠人、もしかして『芙蓉工房』か？」

長兄が横から尋ねてきた。父と同じ、産業経済の庁舎に勤める役人だ。眼鏡《めがね》の奥の怜悧《れいり》な双眸が、言い訳は許さないというように誠人を捉《とら》える。

一回りも歳《とし》が離れた兄は、誠人にとってもう一人の父のようだ。

話すだけでも緊張する。

「……はい。芙蓉工房です」

「あそこは今、職人形が作ってるだろう」

眉をひそめた兄に突然言い当てられて、心臓を摑まれたような気がした。

少しずつ話していこうと思っていたのにと、頭が真っ白になる。冴は人間が不在だと悟られてはいなかったと言っていたが、役人の間では公然の秘密なのだろうか。

誠人は何も返事ができず、頰を引きつらせる。

「まさか知らずに師匠などと呼んでいるのではないだろうな」

糾弾するような口調に、誠人は竦み上がった。

うまく言葉が出てこない。

自分の気持ちを言葉に出せない。

自分が何をしたいとか、どうしてほしいとか。

──冴になら、言えるのに。

──冴なら、ちゃんと聞いてくれるのに。

「なんとか言いなさい」

「ちょっと待って。今日はお祝いの席なんですから、そんなに叱らないであげて……」

「お母さんは誠人を甘やかしすぎです。だいたい、出向って聞いてたなら勤め先まできちんと確認するのが親の務めでしょう」

誠人を庇おうとしてくれた母が、長兄にやり込められてしまう。

自分のせいで母に迷惑がかかっている。それが申し訳なくて、誠人はさらに萎縮《いしゅく》してしまう。

「………知ってます」

「何？」

「……職人形って、知ってます」

「それなのに師匠などと呼んでいるのか？　お父さんが職人形普及の反対派だと知っていて」

「え⁉」

驚いて視線を上げると、父は苦虫を噛み潰したような表情をしていた。

「歴史で習っただろう。アンドロイドの大量投入で、世間がどうなったのか」

父は怒っていなかったが、その口調には非難めいたニュアンスが感じられる。

「産業経済庁は、当時からアンドロイドの投入には反対していた。あの混乱で規制がかかったというのに、伝統保全庁だけが今も大きな顔をしてアンドロイドを使い続けているのがそもそもの間違いな…」

「でも！」

誠人はとっさに父の言葉を遮っていた。

そのことに父も長兄も驚いた表情をしたが、一番驚いていたのは誠人自身だ。物心がついてから一度も、父に対して反抗どころか意見したことさえなかったのだから。

けれど、これだけは言っておきたかった。

誠人は腹に力を籠《こ》める。

「でも、お父さん。冴が作った線香花火は——綺麗です。とても、とても、美しいんです」

桐箱を両手で持ち、頭を下げて差し出した。

小刻みに手が震える。

気づけば、部屋全体が静まり返っていた。子どもたちも異様な空気を感じ取り、騒ぐのをやめてしまったのかもしれない。

和を乱してしまう自分が、誠人は情けなくなる。

末っ子の自分だけができそこないで、いつだって引け目を感じて生きてきた。

「……誠人さん、着替えていらっしゃい」

母の声がして、ふわりと手から桐箱が取り上げられる。誰が受け取ってくれたのか確かめるのも怖くて、誠人は視線を落としたまま踵を返した。

誠人が以前使っていた部屋は、両親と同居している長兄の子どもに譲ったので、誠人の居場所はこの家にはもうない。脱衣所で着替えるのがいいだろう。

「おかーさん、まこっ兄ちゃんどうしたの？」

小さな姪が、舌足らずに尋ねる声が聞こえてきた。それに姉が何か答えている。しかしその答えを立ち聞きする勇気もなく、誠人は廊下を進んだ。

スーツに着替えてネクタイを締め、リビングに戻ると空気は元に戻っていた。

誠人が来る前と同じく、和やかで、賑《にぎ》やかなお祝いムードだ。

ホッとすると同時に、やはり自分が厄介者なのだなと思った。

——黙って、笑って、和を乱さずにいよう。

誠人は笑顔を貼りつけて、そう心に決める。

還暦祝いの定番料理がケータリングで運び込まれ、メイドロボットたちが甲斐甲斐《かいがい》しく準備をした。

近親者がこのように一同に集まるのは、こういうめでたい席くらいしかない。

楽しく食事を進めながら、孫たちは代わる代わる父の膝に乗り、還暦祝いの言葉を口にしていた。

父は本当に嬉しそうだ。

誠人もにこにこと笑い続け、甥や姪たちが望むままに遊びの相手をした。

そうして食事が無事に終わり、休憩した後、暗くなった窓の外を見て長兄が「そろそろ行きましょうか」と言った。

『祝い花火』だ。

あの桐箱がどこに行ったのか、誠人にはわからない。

ただ、もう触れずにいようと思った。

淋しいけれど、冴の作った線香花火がどれほど美しいのかは、自分だけが知っていればいい。

ロボットたちは全員留守番で、外には人間だけが出た。

居住地区の一角に、花火をできる場所があるのだ。

本来はただのフリースペースだったが、『祝い花火』の習慣が広まってからは、いつしかそこで行われるようになった。周囲が壁に囲まれていて、街灯を消せば暗闇が作れるからだ。

誠人は両手に姪と甥の手を握り、一緒にその場所へ向かう。兄姉たちもそれぞれ子どもを連れて、かなりの大所帯だ。

フリースペースに着くと、長兄と長姉が線香花火の準備をする。チビたちはすぐ傍にしゃがみ込んで、その様子を熱心に見ていた。

地面に並べられた線香花火は、芙蓉以外の純手製工房の紙の箱ばかりだった。芙蓉工房も最高級の『芙蓉』以外は紙の箱に収められているので、価値に大差はないだろう。

「では、始めよう。――ライト、オフ。フリースペースを暗闇にしてくれ」

長兄が周囲に声をかけると、ネットワークが感知して周囲の街灯をすべて落とした。

「わぁー。くらーい」

俄《にわ》かに暗闇が訪れる。

明かりが急になくなったので、直後は暗く思えた。

しかしすぐに目が慣れる。

誠人にとってこの闇は、もう暗闇とは呼べなかった。

四方を高層マンションに囲まれていることもあり、夜空さえ見えない。

それでも子どもたちにとっては、日常ではありえない暗さだ。きゃあきゃあ騒いで脅かし合っているので、大人たちは迷子を作らないように必死に目を凝らしていた。

蠟燭に火を灯すと、ぼうっとその場が明るくなる。

長兄がみんなに線香花火を配った。誠人も受け取る。そして目を疑った。

それは――『芙蓉』だった。

思わず兄の顔を見ると、眼鏡の奥の双眸がチラリと逸《そ》らされる。視線の先を追うと、父が線香花火を手にしていた。それも『芙蓉』だ。

「兄さん……」

「誠人、線香花火の正しい持ち方とかはあるのか?」

大きな声で言いながら、兄は誠人の手首を摑み、父の傍に引っ張っていく。右隣に長兄、左隣に父。母は父を挟んでその向こうにいる。

「……ええと、こう……三本の指で固定して……」

おずおず言うと、他の兄姉たちも覗き込んできた。

「地面に対して、四十五度くらいに傾けて……火薬が詰まってない先端の部分に火を点けるんだ」

兄姉たちが真似をして、子どもたちもそれに倣い、――父も、同じように線香花火を持った。

父は視線を合わせてくれないが、誠人の言葉を聞いている。

「火を点けた後の角度はどうすればいいんだ？」

次兄が尋ねた。

「……火球が小さければ、垂直にして大丈夫。でも火球が大きい時は、四十五度で保った方が、落下する危険が少なくなるんだって」

「おかーさん、まこっ兄ちゃん、もの知りねぇー」

姪が感心したように口にする。無邪気な感想に大人たちが笑い、場がさらに和んだ。

「じゃあ、長男である俺からいきます。お父さん、還暦おめでとうございます」

長兄はそう口にして、誠人が教えた通りに火を点けた。

違う工房の線香花火だが、その火花は純手製らしい華々しさを見せてくれる。

「きれいー」

「きれーねぇ」

橙色の火花が散り、近しい人々の顔を温かい色に染める。

口々に父への祝いの言葉を述べて、皆、線香花火に火を点けていく。

母が点けて、残すは父と誠人だけだ。

祝い花火の最後は祝われる本人と決まっている。

誠人も「還暦おめでとうございます」と言って蠟燭に先端を近づけた。

はじめは勢いよく燃えていた火が、じわじわと丸い火球になっていく。そして松葉のような火花が爆ぜ始めた。それは他の人たちがしていた線香花火の火花とは、見るからに格が違っていた。

「まこっ兄ちゃんの花火、すごい！」

「ホントだ、すげぇ！　誠人兄ちゃん、それどうやってするの⁉」

線香花火の種類そのものが違うとは思っていないチビたちが、わいわいと騒ぎ立てる。

なんと言うべきか、困ってしまった。

するとその様子を見ていた父が、無言で自分の花火に火を点ける。

父の手の中の『芙蓉』も、誠人と同じく王者のような火花を散らし始めた。

「おじーちゃんのもすごい〜！　きれぇ！　クジャクみたい！」

「確かに、孔雀が羽を広げてるみたいにも見えるわねぇ」

「おとーさん、どうしておじいちゃんと、まこっ兄ちゃんのだけおっきいの？」

尋ねられた長兄は、真面目にチビと向き合った。

「今日はおじいちゃんのお祝いだからだよ」

「へぇー。じゃあ、おっきくてよかったね」

それで納得してしまうのかと、少しおかしくなる。

けれどそんなチビたちを、愛しいと思った。

周囲ではきゃあきゃあと歓声が上がっているが、父と誠人は無言で火花を見つめ続けた。

やがて火質が変わり、柳のように流れ落ちる。

紙縒の軸をじわじわと火が上がってきて、火球も小さくなるけれど、繊細な優美さは見る者を魅了し続けた。

「……おまえの師匠が作ったのか？」

ぽそりと言った父の言葉が、自分に向けられたものだと少し遅れて気づく。

「あ、はい」

「おまえは？」

「まだ、全然……工場製品にも及ばない出来です」

情けないことに、そう言わざるをえない。

「望んで、そこにいるのか」

「はい」

始まりがどんな形でも、今は自分の手で芙蓉工房の線香花火を作りたいと本気で思っている。

「おまえが作ったものは、持って帰っていないのか」

「……未熟すぎるので」

さらさらと流れ落ちていた火花が、とうとう消えてなくなった。すぃっと一筋、煙が立ち上る。

残るは父の花火のみ。

最後の最後まで、火花が散る限り、それは華のように美しい。

「……では、精進することだな」

「っ、……はい……！」

父の手からも、煙が一筋立ち上った。

誠人は煙に誘われるように、空を見上げる。

見えない星空に、あの澄んだ漆黒の眸を思い浮かべた。

——冴に、会いたい。

‡ 5 ‡

誠人は呼吸を弾ませながら、山道を駆け上っている。

家族からたくさん土産《みやげ》を持たされて、思いの外大荷物になってしまったが、それも今の誠人にとってはもどかしいながらも嬉しい重みだ。

赴任した日の反省を活《い》かし、今日は旧道対応されている有人タクシーを選んで乗り込んだが、今度は山道への入口で「帰りが暗くて怖いから」と拒否されてしまった。

ロボットが危険な仕事を一手に引き受けるようになってから人間は軟弱になった、と主張しては批判されている評論家がいるが、誠人は少しだけ同意したくなった。

そうして結局、初日と同じく山道を歩くはめになってしまったのだ。

けれどあの日とは気持ちがまったく違う。

誠人にとってここは、帰り道だ。

冴に早く会いたくて仕方がなかった。

本当は三泊予定で帰省したのに、一泊だけで戻ってきてしまうくらい。

しかも空はすでに茜色《あかねいろ》に染まっていて、そろそろ日が沈もうとしている。

工房に来る前の誠人なら、タクシーの運転手と同じく「怖い」と思ったかもしれない。

しかし今は、闇が深ければ深いほど、花火が綺麗に咲くことを知っている。

——冴、冴。

冴に話したいことが、たくさんある。

聞いてほしいことが、山ほどある。

家族のこと、冴の線香花火をみんなが綺麗だと言ったこと、顔を見て、感動を直接伝えたかった。

だから誠人は、あえて今日帰ることを伝えずに戻ってきた。

冴は今頃、母屋で食事をしているだろうか。それともまだ工房に残って、片づけをしているだろうか。

誠人は肩で息をしながら、ひたすらに走った。

そして周囲が薄暗くなった頃、ようやく工房の明かりが見えるところまで辿りついた。

すると敷地の隅に、パチパチと爆ぜる火花が見える。

冴が、一人で花火をしていた。

「……冴？」

まだ、真っ暗というわけでもないのに。

何かよくないことがあったのだろうかと、不安が胸を過《よ》ぎる。

フェンスの門を開くと、冴が弾《はじ》かれたように顔を上げた。距離はまだずいぶんあるけれど、視線が合ったのがわかる。

「冴」

誠人が呟くと同時に、冴がこちらに向かって走り始めた。

ものすごい勢いで、ぐんぐん近づいてくる。

そして立ち止まることなく——ぶつかるように抱きしめられた。

「誠人さん！」

がむしゃらに抱きしめられ、誠人はボストンバッグを足元に落としてしまう。

どきどきと心臓が怖いくらい早鐘を打った。山道を駆け上がってきたせいだと、誠人は自分に言い訳をする。けれど、それだけではないと気づき始めていた。

冴だから。

冴に、会えたから。

「誠人さん、会いたかった……！」

作務衣に顔を押しつけられ、火薬の匂いが誠人の中に流れ込んでくる。

甘い香りだと思った。

火薬の匂いは好きだけれど、こんなに甘い火薬は知らない。

冴が扱う線香花火の匂いは、凛としていて、それでいて優しい。冴という人物そのもののような、魅力的な香りがする。

「……冴、花火…」

「すみません、淋しくて。たった一晩離れただけなのに、誠人さんがいないことが淋しくて堪えられませんでした。だから……誠人さんが縫った線香花火を試し咲きさせて、あなたに想いを馳《は》せていました」

——おれが縫った花火だったのか。

胸の奥で、引き絞られるような苦しみを感じた。

痛いのに、どこか甘い。

それは冴の線香花火の香りに似ていた。

誠人も冴の背中に両腕を回す。

とたんに、甘い痛みが心臓を摑んだ。

——なんだよ、これ。まずいだろ……この感情は。

危機感を覚えるのに、離れられない。

この腕を離したら、誠人は打ちのめされるだろう自分を知っていた。

「……よく言うよ。三年もの間、立派に工房を守ってきたくせに」

冴の胸に顔を埋《うず》めたまま言うと、彼は誠人の躰を確かめるように狂おしく手を這わせる。

「もう三年も堪えられません」

まるで——再会した恋人同士みたいだと。

そんなことを考えた自分に、誠人は傷つけられる。

——そんなわけない。傷ついたりしない。冴は職人形だろ。……人間じゃ、ないだろ。

「どうして一人でいられたのか、私にはもうわかりません。こんな……躰がバラバラになってしまいそうな痛みは、味わったことがありません」

「どこか怪我でもしたのか⁉」

誠人はガバッと身を引き剝がし、冴を見上げる。

至近距離で見つめ合った。

漆黒の双眸には、鮮烈な何かが宿っていた。

熱烈で、真摯《しんし》な……これ以上なく強い意志の宿った双眸。

それが——感情でないとしたら、誠人は何を信じればいいかわからなくなってしまう。

「……冴？」

熱い、熱いまなざし。

冴の顔が、苦しそうに歪んだ。

そこにある『なにか』を、誠人は瞬時に察する。

「誠人さん。私は、——あなたを…」

「言うな！」

誠人はとっさに冴の頭を抱き寄せ、唇を奪っていた。

二日ぶりに触れた冴の唇は、甘くて、気持ちよくて……誠人を苦しくさせる。

——違う。勘違いだ。

冴とのキスが、震えがくるほど嬉しいなんて、何かの間違いに決まっている。

そして冴も、勘違いしているだけなのだ。

誠人が初めての相手だから。

快楽と感情を、一緒くたにしてしまっただけ……。

――バカか、おれは。その前に、冴には感情なんてないだろ。

冴は職人形だ。彼の中にあるのは『データ』だ。すべて数字に置き換えられ、人の手によって創《つく》られた存在。

なんて不毛な――片想い。

ぽろっと涙が一筋零れた。

一度零れてしまったら、もう止めることはできなかった。

合わせた頬で、冴にも涙が触れてしまったらしい。心配そうに顔を覗き込まれた。

「誠人さん？　どうして泣くのですか？」

「……知らねぇ」

ぶっきらぼうに吐き捨てると、冴はつらそうに眉根を寄せる。

そして誠人の頬を、長い指でそっと撫でた。

繊細な手つきで、愛おしそうに。

大事にされていることが伝わってきて、その行動の源が一体なんなのかわからなくて、誠人はボロボロと涙を零した。

すると冴も、ますますつらそうな表情をする。

――心臓、痛ぇ。

「冴、おれのこと……抱けよ」

「はい」

すかさず、ぎゅっと抱きしめてくれる。

蕩けそうなくらい気持ちいい。

けれど誠人が今望んでいるのは、そういうことではなかった。

もっと罪深いことを、冴にさせようとしている。

「……冴、ごめん」

くすっと笑みが零れた。

胸の奥には相変わらず滾る想いが渦巻いているのに、その一方で諦めたような、覚悟が決まったような、不思議なくらい静かな心地になる。

「どうして謝るのですか？　まさか……私を置いていくのですか？」

骨が軋《きし》むくらい力いっぱい抱きしめられた。

自分より十センチも背の高い男が、縋《すが》りつくように誠人を腕の中に閉じ込める。

そのことが嬉しくて、同時に悲しかった。

永遠に交わらない線の上に、自分たちが立っていることを誠人は知っていた。

「置いていったりしねぇよ。冴こそ、おれを一人にするな」

「私が？」

驚いたような声がして、冴に肩を摑まれる。

優しいのに、力強く身を離させられ、誠人は冴を睨んだ。その頬を、冴の大きな手で挟まれる。

「私が……どうやって、誠人さんを一人にするんですか?」

端整な顔が降りてきて、鼻先が触れ合った。くすぐるように鼻先を触れさせ合う。誠人も冴の顔を同じように挟んで引き寄せた。

唇が、触れる。

尖らせた誠人の唇を、冴が幾度も啄んだ。

「……廃棄処分になんかされんなよ、って言ってんだよ」

「なるほど。それは……そうですね。善処します」

はぁ、と冴が熱い吐息を吐いた。それに煽られるように、誠人は自らの口を開く。冴の舌を迎え入れ、熱烈なキスを交わす。そして膝で、冴の下肢を撫で上げた。

「……勃《た》ってる」

「当たり前です。誠人さんに触れているのですから」

「この、……んっ、エロ職人形……」

そう言うと、ぐいっと腰を抱き寄せられた。冴の片膝に跨《また》がるように、しっかりと密着させられる。

「誠人さんもですね」

「……文句、あるのかよ」

「いいえ。嬉しいです」

その笑顔が、切なげに見えた。

――ああ、もう……なんでもいい。冴ならいい。職人形でも、人間でも関係ない。

誠人は心の中で降参する。

――冴がいい。他の誰もいらない。

「冴、ちゃんとセックスしよう。このまま布団まで連れていけ」

「……誠人さん」

驚愕《きょうがく》したような表情を浮かべる冴に、誠人はギュッと抱きついた。

「早く。裸で抱き合いたい」

恥ずかしくて頬が紅潮するが、言わない方が嘘になる。

誠人がそうささやいた瞬間、急に抱き上げられた。なぜか、横抱きに。

――お姫様抱っこ⁉

「っちょ、冴⁉　何やってんだよ！」

「誠人さんを布団にお連れするんです」

「……っ、じゃなくて、この抱き方」

「愛しい人を運ぶ時は、こうするのではないのですか？」

スタスタと歩きながらそんなことを言われて、誠人は絶句する。

――愛しい人。愛おしい。

出逢ってから何度も、冴はその言葉を口にしてきた。

誠人もそれを、ふわふわとした心地で聞いていた。

それが今こんなに苦しいのは——自分の気持ちが変化したからだ。

ただの単語だと聞き流せないくらい、誠人はそれを欲していた。けれど同時に、今は一番聞きたくない言葉だった。

母屋の玄関を入り、冴に靴を脱がされて再び抱き上げられる。二人分の体重で廊下の床板がギシギシと音を立てた。

一階にある冴の部屋に入ると、冴はすかさず押入れから敷布団を引っ張り出して、その上に誠人を押し倒した。

押入れの襖は開いたまま、掛け布団も半分落ちかけている。

普段の几帳面《きちょうめん》な冴からは想像できない性急さで、誠人は衣服を脱がされる。

誠人も彼の作務衣を脱がせた。火薬の匂いが染みついた作務衣を脱いでも、冴自身から線香花火の甘い香りが漂う。

「冴……何か果汁、飲んだ？」

尋ねると、すっかり裸になった冴は誠人の首筋を啄みながら、ゆるゆると首を横に振る。

「いいえ。すみません、今日は水です。桃果汁を飲んで来た方がいいですか？」

「え？」

首を傾《かし》げてから、すぐに気づいた。

冴は、擬似精液のことを言っているのだ。

「違うってバカ。今おまえがなんか甘い香りさせてるから」

「そうですか？　自分ではわかりません。それよりも誠人さんの方が甘いです。誠人さんからはいつも、花のような香りがします」

「……あっ……」

ちゅっと首を吸い上げられて、誠人は小さな声を零す。

漆黒の双眸に見つめられて、無性に恥ずかしくなった。

誠人はくるりと身を返し、うつ伏せになる。

「誠人さん……どうして背中を向けるんですか？　私が粗相をしましたか？」

不安そうな声が、可愛《かわい》いと思ってしまった。

誠人は布団に額を預け、少し腰を浮かす。思った通り、臀部《でんぶ》に冴の昂りが触れた。

「……いろいろ、あるんだよ……セックスってやつは」

「体位のことですか？」

「っ！　そ、それもある。でも今はそれ以前の話だ」

「それ以前……？」

鸚鵡《おうむ》返しにされると、なんだか何も知らない子どもに卑猥《ひわい》なことを教えているような罪悪感を抱いてしまう。

しかし尻《しり》に当たっている冴のものは、むしろ誠人より立派すぎる代物だ。

冴が自分に欲情していると思うと、誠人も興奮してくる。

彼のものを刺激するように、誠人はゆるゆると腰を揺らしてみた。すると双丘の間に昂りが押しつけられる。

「誠人さん、あの……」

「な、何」

「あの、なんていうか……ものすごく気持ちいいのですが……誠人さんのおしりに擦りつけても構いませんか？」

「……っ！」

そう言いながらも、すでに冴は腰を動かし始めていた。

誠人の背中に覆い被さり、ぐいぐいと腰を動かす。熱く硬いものが尻の間をぬっぬっと這い、誠人は鼓動を逸《はや》らせた。

「……っ、…っ……」

「これは、すごいです。とても淫らな心地になります」

冴は腰を激しく動かし始める。そして誠人の肩や背中に、雨のようなキスを降らせる。

「誠人さんは、気持ちいいですか？」

不意打ちで尋ねられ、誠人は小刻みに頷いた。呼吸が乱れて、まともに話もできない状態なのに、そんなことを聞かれるとは思ってもみなかった。

「本当に？」

「……あっ、ああ」

喘ぎとも頷きとも取れる返事をすると、冴の手が誠人の肩を優しく摑んだ。キスを求められているのかと思い、肩越しに振り返る。するとくちづけではなく、冴の手が胸元にもぐり込んできた。布団と躰の間に差し入れた手が、尖った突起をつまむ。

「ああっ、ん！」

「よかった。本当に気持ちいいんですね」

「ばっ、どこで、確かめて……アッ、やっ……」

油断した隙に両手を胸に這わされた。左右の突起をそれぞれのタイミングで抓ったり押し潰したりされる。気持ちよすぎて、誠人は思わず仰け反っていた。そのせいで余計に、冴が刺激しやすくなってしまう。

「誠人さんは乳首と性器がとても正直です」

「いっ、痛ぁ…っ、抓る、な……っ」

「でも誠人さん、乳首は少し痛いくらいの方が感じますよね？」

カーッと頬が熱くなる。事実、誠人は興奮していた。

「おしりもグイグイ押しつけてきて、私は気持ちよすぎて達してしまいそうです」

「……まだ、達くなよ。もっと気持ちいいことするんだから」

「これ以上に気持ちいいことなんて、あるのですか？」

誠人は勇気を出して、自分から行動を開始する。布団にぺたりとうつ伏せになっていた躰を四肢で支え、四つん這いになる。冴は誠人の動きを邪魔しないように、肌を触れさせながらも体重をかけないようにしているのがわかった。

四つん這いになった誠人の背に、冴の体温を感じる。そして彼の昂りは誠人の太腿に押しつけられていた。

「……それ、ここに、挿《い》れろ」

誠人は自分の脚の間に、冴の屹立を導く。

「ここですか?」

「いいから」

戸惑う冴を促し、誠人は膝を閉じて力を籠めた。内腿に硬いものをしっかりと感じる。

「ま、誠人さん。なんというか、これは……非常に腰を動かしたくなるのですが」

冴の声が上ずっている。興奮していることが伝わってきた。

「……動かして、いいから」

「どれくらい、ですか? い、一度動かしてしまったら、止まらなくなりそうな予感がするのですが」

「いいから! めちゃくちゃに動かしていいから……ああっ!」

誠人が言い終わらないうちに、脚の間を灼熱《しゃくねつ》が行き来した。ぐっと引いて、差し込まれ、肌と肌がぶつかる乾いた音が響いた。それに羞恥を感じる暇もなく、小刻みに抽挿が開始される。

「あっ、あっ……んっ、アッ……」

「ものすごく気持ちいいです。誠人さんの脚はしなやかな筋肉がついていて、弾力のある太腿が私のものを咥え込むように挟んでくれます。……いい、気持ちいいです。誠人さんも気持ちいいですか？」

後ろから腰をぶつけられながら、誠人はがくがく頷いた。脚の間を縫ってくる冴の昂りが、自分のものと擦れ合い、快感と興奮を誠人に味わわせる。気持ちよすぎて太腿に力を入れていられなくなってしまう。

「……冴、脚、挟んで……外側から、ぎゅって……締めさせろ……」

「こうですか？」

冴の手が太腿にかかる。その瞬間、痺れのような快感が誠人の身を走り抜けた。

「あぁっ！」

背中を仰け反らせると、冴は誠人の下肢のいたるところを狂おしく撫で始めた。尻を揉まれ、昂りを握り込まれて、誠人は不規則に襲い来る快感の波に翻弄される。

「誠人さん、誠人さん、どうしましょう。私はおかしい。あなたを征服したいような、凶暴な心地を抱いています。こんな危険思想、持ってはいけないのに……あなたを引き裂きたいと思ってしまうのです」

低く情熱的な声に、誠人は身を震わせた。

冴の言いたいことが、誠人にはわかっている。

誠人こそ──引き裂かれたいと思っていた。その方法を、知っていた。

けれど言葉にするのは躊躇われる。

　人間と職人形という以前に、誠人は男なのだ。同性とのそんな行為を、これまでしようと思ったことは一度もない。

再会して冴の顔を見た瞬間は思い切れたことが、現実を目の前にすると尻込みしてしまう。

けれど冴に煽られるまま、躰の芯が疼《うず》いて仕方がない。

誠人は呼吸を乱れさせながら、小さな声で尋ねた。

「……冴、……セックスの知識はあるんだよな？」

「女性との行為は、一通りあります。──ああ、引き裂きたいという衝動は、挿入のことでしょうか。でも誠人さんは男性だから……」

冴がわずかに身を引き、誠人の下肢を覗き込むのがわかった。

「っ見るなよ！」

「どうしてですか？　こんなに淫らで、美しいのに。……誠人さんの性器から雫が零れています。舐めたい」

そう言いながら、冴は臀部にかぶりついた。前には手を回し、くちゅくちゅと淫猥な音を立てて搾り取ろうとする。冴は尻を唇で食み、舌を這わせ……やがてその部分に気がついたようだ。双丘を両手で割り開かれて、誠人はギュッと目を閉じた。

「ま、誠人さん、……ここに挿れてはいけませんか？」

ぬっと舌を這わされる。思いがけない快感に、誠人はぶるりと身を震わせた。

「……そこは、挿れるとこじゃ、ない」

「でも挿れたい。誠人さんの中に入りたい。……ああ、そうです。誠人さんの中に、入りたかったんです。引き裂きたいんじゃない。あなたと繋がりたかったんです……！」

本当に、そうだろうか。

これは誠人が誘導した答えではないだろうか。

確信犯だと自分ではわかっていながら、それでも冴が自分からそう言ってくれたことにまた救われる。

「……じゃあ、脱衣所の棚から、クリームを取ってこい」

「いやです。離れたくありません」

「そこに挿れてもいいから。でも女と違って、解《ほぐ》さないと挿《はい》らねぇから……」

「では舐めて解します」

「何言って、ああっ！　……ば、ばかっ、そ…なっ……舌、やめ……」

熱く滑《ぬめ》った舌がぐりぐりともぐり込んでくるのがわかって、それが味わったことがない種類の快感を伴っていて、誠人の躰からストンと力が抜ける。上半身が布団に倒れ込み、冴に抱え込まれている腰だけを高く掲げてしまった。

さらには太腿をグイッと引き寄せられ、胡坐をかいた冴の上にしっかりと固定されてしまったことを知る。冴はまるで獲物にしゃぶりつく獣のように、誠人の下肢に顔を埋めた。品行方正な職人形の、一体どこにこんな情熱が潜んでいたのかわからない。野性的にさえ思える行動に誠人は翻弄されて、その一方では胸を熱くした。

「美味しいです。誠人さんの躰は、どこも蜜のように甘い」

じゅっ、じゅる……っと卑猥な音がひっきりなしに聞こえてくる。誠人はもう堪え切れず、喘ぎ声を漏らしていた。

「誠人さんは、声まで甘い。……気持ちよくなってくれて、嬉しいです。おしりを振っているのは、気持ちいいからですよね？」

「いっ、言うなァ……っ」

もう羞恥なんて感じる余裕もないのに、それでもカァッと赤くなる。

こんないやらしい自分、冴と出逢うまで知らなかった。

「……冴、も、いいから。……挿れろ、それ」

「まだです。もっと舐めていたい」

「後で！　いくらでも、舐めていいから……！　も、早く。我慢できな…っ」

ぐいぐいと尻を押しつけると、冴はピタリと動作を止める。そして誠人を布団の上に寝かせ、仰向けに躰を返させた。

「——誠人さんが、私を欲しているのですか？」

漆黒の双眸が、真剣に見下ろしてくる。

心臓をギュッと摑まれたような気がして、熱い想いが誠人を支配する。

「……そ、だよ。おれが、欲しいんだよ。——挿れろ……！」

「誠人さん、愛し…っ」

その言葉は言わせない。

誠人は冴の頭をかき抱き、唇に噛みついた。冴はそうして言葉と唇を奪われながら、誠人の太腿に手をかける。

唇を離し、誠人は冴を見上げた。自分の両脚が抱え上げられる。そして綻《ほころ》んだその場所に灼熱を感じた。

「——誠人さん！」

「あ——っ！」

大きなものが、自分の中に侵入してくるのがわかった。

痛みはない。ただ圧迫感だけが迫ってくる。しかしそれは、冴という存在をこれ以上なくリアルに感じ取れる苦しみだった。

「誠人さん、平気ですか？」

悲鳴を上げて胸を喘がせる誠人を、冴が額に汗を浮かべながら心配そうに覗き込んでくる。幸福感が、誠人を包み込んだ。

「っ、そんなに、締めつけたら……」

生々しい言葉に誠人の頬が紅潮する。そんなふうに恥じらってしまう自分自身が恥ずかしくて、誠人は不敵に笑って見せた。

「……締めつけたら、何？　動きたくなる？」

素股《すまた》を教えた時に冴が言ったことを、口にしてやる。

そんなふうに強気な発言をしつつ、実際は四肢に力が入らないのだが。

誠人の複雑な心を知らない冴は、神妙に頷いた。

「はい。動きたくなります。……っ、私のものに誠人さんの中が絡みついてきて、気持ちがよすぎて、めちゃくちゃに出し入れしたくなります」

「……す、すれば？」

「いいのですか？」

「そりゃ、もう挿ってるんだし……いっぱい擦って、突いてくれた方が」

「では、お言葉に甘えて」

「ああっ……！」

グッと腰を突き挿れられた。背筋から頭のてっぺんまで電流が駆け抜ける。

「よかった。気持ちいいのですね」

　艶やかな声でそう言うと、冴は容赦なく腰を動かし始めた。激しい律動に誠人がついていけないくらい、ぐちゃぐちゃになるまでかき回される。正面から抱き合って、躰を引き起こされて向かい合わせで座りながら下から突き上げられて、体位をさまざまに変えながら何度も何度も揺さぶられた。

「……やっ、あぁっ、んっ、……冴、冴…！」

「誠人さん、達ってください。誠人さんが精液を吐き出すところを見せてください」

淫らな言葉をささやき続けられ、誠人は何度も絶頂を迎えた。

冴も何度か、白濁を迸《ほとばし》らせていた。

二人分の蜜が混じる。

それがたとえ違うものでも、互いの肌の上で淫らに混ざり合う。

誠人は貪欲《どんよく》に、冴の灼熱を欲しがった。

冴もまた、それ以上の情熱で誠人を欲しがった。

——これでいい。こうして繋がることができるんだから、これ以上は望まない。

「冴、……もっと、おれを抱け……！」

激しく四肢を絡ませ合うさなか、冴の眸がどこか傷ついているような気がして、胸の奥がツキンと痛んだ。

けれどそれは見間違いだと誠人は思う。

心を持たないアンドロイドが、傷つくはずがないのだから。

‡ 6 ‡

愛には、いろんな形があるのだと思う。

誠人はそれで、自分から冴への想いも、自分たちの関係も、納得することにした。

ただ、頭では理解していても、矛盾に心は痛むのだ。

だから冴には恋愛を連想させるような言葉は禁じたままだ。

人間に従順な職人形は、それを忠実に守っている。

その代わりとでも言うように、母屋では常に誠人に触れようとしてくるのだが。

はっきりと言葉に出したわけではないが、工房内ではこのような行為をしないというルールが、二人の間ではいつの間にかできていた。

冴にとってそれは、工房内は神聖な場所だというプログラムなのか、それとも理性を働かせた上での我慢なのか、誠人は確かめたことがない。一度は真剣に考え込んでみたが、職人形の感情を否定しておきながら、理性の存在は信じようとしていた自分が滑稽《こっけい》に思えたのだ。

——心ってなんだろう。

答えの出ない問いかけを、誠人は自身に投げ続ける。

手を伸ばせば応えてくれる腕があり、体温があり、望めば望むだけ抱きしめてもらえるのに、――想いの実態はない。

そんなつらい関係が、この世にあるなんて想像もしていなかった。

それでも、この場から逃げたいとは思わない。

冴とはもう、離れられない。

‡ ‡ ‡

それは、誠人が芙蓉工房に来て、三ヶ月近くが経った日のことだった。

出荷用の製品を箱詰めしている冴に、誠人は自分が縒った線香花火を点検してもらっていた。

「はい、とてもいいと思います。こちらの『輪舞《りんぶ》』と『御囃子《おはやし》』は試し咲きをさせて、問題がなければ合格としましょう」

「合格？」

「次から誠人さんが縒る『輪舞』と『御囃子』は製品になります」

「本当!?」

パッと笑顔になる。自分でも驚くくらい嬉しかった。

こんな晴れやかな気持ちは、とても久しぶりに味わう気がする。

「ここ一ヶ月ほどで、急激に上達されましたね。誠人さんは努力家ですから、コツさえ摑めれば立派な縫り手になれると思います」

「……そうか？　なんか、照れるな」

「『芙蓉』を縒れるようになるのも、そう遠くないと思いますよ」

「それは買い被りだろ」

苦笑いすると、冴は真剣にかぶりを振った。

「いいえ、本当です。誠人さんはもともと火薬の専門家でいらしたおかげで調合の方は完璧ですし、縒りの技術も反復と応用ですから、そのうち私の手などなくとも一通りの製品を作れるようになると思います」

淡々と語る冴の言葉に、妙な胸騒ぎがした。

誠人は眉根を寄せて冴の双眸を覗き込む。

「……なあ、聞いたことなかったけど……おれが一通りの作業を覚えても、冴はこのままここにいるんだよな？」

ストレートに尋ねると、冴はわずかに困ったような表情を見せた。

「っ、まさか……」

「すみません。私にもわからないんです。職人形の支給は臨機応変ですから、回収に一定のルールはありません」

「……本当だろうな？」

「はい。私は嘘をつきません」

きっぱり言われて、誠人は我に返った。

職人形が嘘をつくわけがないのに。

疑った自分に狼狽《ろうばい》する。冴のことをなんだと思っているのか。

「誠人さんが技術をすべて習得されても、おそらくすぐに回収されることはないと思います。なぜなら師匠が目覚めない限り、誠人さんが芙蓉工房にとってたった一人の職人であることに変わりないからです」

もし先代の意識が戻っても、高齢であるため職場復帰は難しいだろう。

誠人が置かれた状況は同じだ。

「……じゃあ、ずっと二人で線香花火を作っていけるんだよな？」

尋ねながらも、誠人は肯定が返ってくることだけを信じていた。

それなのに冴は、かぶりを振ったのだ。

「少なくともあと一人か二人は、後継者を作らなくてはいけないと思います。そのうち伝統保全庁が選定した方が、誠人さんのように赴任してこられるのではないでしょうか」

「え……」

「純手製の技術を途絶えさせないために、私は芙蓉工房に支給されました。莫大な税金が注ぎ込まれていますから、工房をきちんと再興させなければ。誠人さんが線香花火師として一人前になられたら、私はサポートに回ります。そして一緒に、さらなる後継者の育成に励むことができれば幸せです」

冴の口から語られるビジョンが、誠人には衝撃的だった。

少し考えればわかることだったのに……自分だけが、特別ではないと。

誠人も自分の意思でここに来たわけではないのだから。

冴と二人の生活があまりにも充実しすぎていて、いつの間にか自分たちだけの工房だと勘違いしていた。

しかし職人形が支給されている以上、ここは伝統保全庁の管理下にあるのだ。

出荷する製品の数でさえも、国の指示に従わなければならない。

そのことをすっかり忘れていた。誠人ははじめから気にしていなかったと言うべきか。

「……でも、それだけずっと一緒にいられるっていうことだよな？」

独り言のように呟くと、冴は嬉しそうに笑った。爽やかな笑顔は、はじめて出逢った三ヶ月前とまったく変わっていない。

――それなら、いいか。

冴を取り上げられないようにするためなら、多少の変化は受け入れなければならないのだろう。

「……念のため聞くけど、おれがあまりにも覚えが悪くて、いつまで経っても一人前にならなかったらどうするんだ？」

「確かめたわけではないので断言はできませんが、おそらく芙蓉工房は『継承』ポストから『研究』対象へと移行されるのではないでしょうか。幅広い学者が研究するために、私からデータを回収して、『共有』ポストに入れられると思います」

「……つまり、冴は」

「廃棄処分ですね」

あっさりと口にする彼に、腹が立った。

——こっちは冴が廃棄されない方法を探ろうとしてるのに！

八つ当たりだとわかっているが、感情が抑えられない。

「なんでそんなにケロッと口にできるんだよ。怖くないのか⁉」

誠人は激情のまま冴に言葉をぶつけていた。

職人形に感情はないと言い続けていたのは自分のくせに。

冴を責めてしまってから、失言に気づく。

「怖く…」

「答えなくていい！　悪い、忘れてくれ」

冴の言葉を遮る。しかし彼は珍しく、誠人の命令を聞かなかった。

「怖くなどありませんでした。人の手で作り出された瞬間から、職人形はいつか廃棄処分される運命にあるとわかっていましたから。でも今は——怖いです。誠人さんの傍にいられなくなることが」

「……っ！」

真摯なまなざしを突きつけられて、誠人は呼吸ができなくなる。

「誠人さん、私は、あなたが…」

「言うな！」

叫んでいた。

その先に続く言葉を、誠人はたぶん知っていた。

あの日と──誠人が実家から戻ってきた日と同じだ。

緊迫した空気が張り詰める。

冴のまなざしは熱く、雄弁で──それなのに静かだった。

「わかりました。言いません」

穏やかな声で、冴は言う。

「誠人さんを苦しめたくありませんから」

──もう、こんなに苦しいのに？

心の中で問いかけた。そんなことを聞かれても冴にはどうすることもできないとわかっているから、声には出さない。

そのまま見つめ合っていると、微かなエンジン音が遠くから聞こえてきた。

どうやら出荷用のトラックが到着したらしい。

「あっ、ごめん、冴。それって今日出荷の分じゃ……」

化粧箱に数種類の線香花火を詰め合わせにしていたところだったので、俄かに慌てた。

「いえ、違います。出荷分は保管庫の方に寝かせてあるので、大丈夫です」

「そっか、よかった」

作業を中断して工房の外に出ると、自分でフェンスのゲートを開けた代替ロボットが、運転席に再び乗り込むところだった。

トラックはのろのろと敷地内を進み、保管庫の傍らに停車する。

運転席のドアが開き、代替ロボットが降りてきた。発注書を冴に渡し、保管庫で内容をスキャン照合する。

いつも通りの流れだ。

誠人も自分ができる範囲の手伝いをする。比較的安価な『御囃子』『輪舞』などの線香花火とは別の場所に保管されている『芙蓉』を必要な数だけ取ってきて、代替ロボットにスキャンさせた。するとなぜか照合に時間がかかる。

「……一致しまセン」

「ええ？」

思わず声を上げて、冴と顔を見合わせた。台車に出荷用の木箱を積んでいた冴も、手を止めて近づいてくる。

「不一致ですか？」

「うん。なんでだろ」

「発注は一年ものの『芙蓉』ですが、合っていますか？」

「合ってる。桐箱の裏の印、去年のだよな？」

桐箱を掲げて下から覗き込んだ。教えられた通りの場所に印が刻まれていて、一年前に冴が縫ったものだとわかる。高級な線香花火は、和紙と火薬を馴染ませるためにこうして数ヶ月から一年ほど寝かせておくのだ。

「合っていますね。もう一度照合してみましょう」

試しに他の桐箱もスキャンさせてみたが、代替ロボットは一致しないの一点張りだった。

冴は少し考えてから、ロボットに命令する。

「オペレーターと会話がしたい。接続してください」

「カシコまりまシタ」

承諾した代替ロボットは、ウィーンと機械音を微かに響かせてから宙にフォログラムを投影した。ほどなくそこに人間が映し出される。

『はい、伝統保全庁配送課です』

「こちら芙蓉工房です。発注書通りの製品をスキャンしましたが、照合不一致が出ます」

『わかりました。ロボットの識別番号を読み上げてください』

代替ロボットの首の後ろに刻まれている番号を冴が読み上げる。それと同時にオペレーター側も読み上げ、完全に一致することを確認した。

その光景を、誠人は不思議な心地で見守った。

よく考えると、自分以外の人間が職人形に接する姿を見るのは初めてだ。

代替ロボットを遠隔操作する伝統保全庁のオペレーターは、もちろん冴が職人形であることを知っている。しかしまったくこだわる様子もなく、淡々と対応していた。

――伝統保全庁の職員だから当然なのか？

それとも、これが普通なのだろうか。

誠人がこだわりすぎなのか。

『再照合の結果、製品は一致しました』

オペレーターから返事がある。製品に問題がなくてホッとした。

『代替ロボットに不具合が出ている可能性があります。照合作業はこのまま私が引き継ぎます。工房から送り出す際は、代替ロボットをトラックの運転席に接続してください。念のため、こちらからトラックに直接指示を送ります』

「了解しました」

オペレーターの指示に戸惑う様子もなく、冴はテキパキと作業を続ける。

誠人も手伝いながら、こっそり聞いてみた。

「こういうことってよくあるのか？」

「稀《まれ》にあります。私は支給されて六年目ですが、今日が三度目です」

「ってことは、二年に一度の割合で……出荷作業百回に一回くらいってことか」

それなら不安になるほど頻繁でもない。

納得した誠人は、残りの作業を終えて代替ロボットを保管室の外へ誘導した。

トラックの荷台に線香花火を積み込み、運転席にロボットを座らせる。ここまではオペレーターの遠隔操作もあり、苦労することなく終えられた。

誠人は運転席に上半身だけ乗り込み、代替ロボットの首からコードを引っ張り出して、車の制御盤に接続する。

「接続、完了しました」

『ありがとうございます。それではトラックを発進させます。ご苦労さまでした』

外から運転席のドアを閉めると、トラックはのろのろ動き出した。敷地内は最徐行だ。

「ゲートを閉めてきます」

冴がトラックの後に続き、敷地を出たのを見送ってからフェンスのゲートを閉める。

それはいつも通りの作業なのに、なぜか冴がゲートを握ったまま戻ってこない。

身を乗り出しているのを見て、誠人はゾッとした。

誤って敷地の外に転がり出してしまったら、機能停止しかねないのに。

「冴！　何やってんだよ」

慌てて駆けつけると、冴が山道の先を指差す。

「トラックが停《と》まってしまったんです」

「ええ？」

ゲートを出て十五メートルほど先に、確かにトラックが停車していた。テールランプが点いているので、エンジンはかかっているようだ。

「ちょっと見てくる。冴はここで待ってろ」

観音開きのゲートをわずかに開けて、自分だけがスルリと抜け出すと、しっかり閉じてから踵を返す。

冴はフェンスに指をかけ、誠人をじっと見ていた。まるで籠《かご》の鳥だ……と考えると、胸の奥がツキンと痛む。

トラックに追いつくと、誠人は運転席の外から代替ロボットに声をかけた。

「何かトラブルか？」

ロボットは前を向いたまま動かない。コードの接続がうまくいかなかったのだろうか。誠人は不思議に思いながら、運転席のドアを開いた。

「おい、オペレーターに……」

呼び出しを命令しようとした途端、ハンドルの辺りでバチッと何かが爆ぜた。

——花火⁉

思わず一歩後ずさったが、次の瞬間、事態を察する。

代替ロボットから伸びたコードが、トラックの制御盤の上でショートしていた。

——爆発する！

頭の中に、まるで本物のようにリアルな映像が一度に押し寄せてくる。

このショートがトラックに及ぶと、荷台の線香花火に引火する。一つ一つは繊細な芸術でも、大量の線香花火は爆薬になる。トラックが爆発炎上すると、周囲の木に飛び火するかもしれない。ここから工房までは少し離れているけれど……万が一延焼して、工房も巻き込まれたら——大爆発だ。

たとえ大惨事を免れたとしても、敷地内で少しでも火を出せば花火工房は免許を取り上げられてしまう。どんな事情があろうとも、未来永劫《えいごう》、二度と花火を作れなくなってしまう。

そして冴は——。

——それだけはダメだ！

誠人はとっさに、ショートしているコードに手を伸ばしていた。

「熱っ！」

手の中でコードがぐにゃっと溶けてちぎれた。尋常ではない熱さが手に刺さる。けれど誠人は考えるより先に、残りのコードに手を伸ばす。

「誠人さん⁉」

遠くから冴の叫び声が聞こえた。

「誠人さん、何があったんですか⁉」

運転席に飛び込んだ誠人を見て、何かが起こっていることに気づいたのだろう。

しかし今は答える余裕がない。

それに下手に説明したら、冴が敷地を出てしまうかもしれない。

そんなことはさせられない。

「っ、……くっ！」

トラックに繋がっていたコードはとりあえず取り除くことができた。しかしこれで安心はできない。誠人は代替ロボットに向かい合う体勢で、運転席に膝をついた。ロボットの首の後ろにある電源を落とそうと手を伸ばす。

その瞬間。

「危害を加えル者を発見しまシタ」

「え？」

独特のアクセントが聞こえ、胴に衝撃を覚えた。

「……グッ！」

誠人の両脇腹を、ロボットの手が摑んでいる。ネジやゴムなどパーツが剝きだしの指が、誠人の肋骨《ろっこつ》を砕こうとでもするように、ギリギリと力を加えてきた。

「……っ、なせ、離せ……！」

痛すぎて呼吸ができない。脂汗が浮かび、耳鳴りまで聞こえ始める。

「……人間に、危害を加えていいと……思って……」

「危害を加えル者を発見しまシタ。危害を加えル者を発見しまシタ」

何かが砕けるような鈍い音が、自分の躰の中で聞こえた。

「うあぁっ！」

目の前が真っ赤に染まる。痛みには色があるのだとはじめて知った。

早く電源を切らなければ。

誠人はロボットの後ろ首に手を回し……バチッと弾かれた。このロボット自体がショートしていると、誠人は気づく。

「誠人さーん！」

冴の叫び声が、再び聞こえた。

――守らなきゃ。

もう何も考えられなかった。

誠人は自分の胴体を掴んでいるロボットに、自ら抱きついた。両腕を絡め、脚も絡めて
……自分ごとトラックの外に転げ落ちる。

躰が傾ぐと同時に、バチバチッと火花が散った。

――離すもんか！

奥歯を噛みしめ、双眸をぎゅっと閉じる。

瞼の裏には、冴がいた。

冴を守るためなら――これくらいなんでもないと思った。

「――っ！」

ドサドサッという音と、機械がぶつかり合う派手な音がして、誠人はロボットもろとも地面に崩れ落ちていた。

このままロボットを引きずって、トラックから離さなければ。

誠人は痛みと熱を躰の節々に感じながら、それでも立ち上がろうとした。

しかし突然躰をひっくり返されて、胸を圧迫される。

「危害を加えル者を発見しましタ」

ロボットが、誠人に馬乗りになっていた。

全体重を肺の上にかけられる。

「――っ！」

叫ぶこともできない。

「っ、っ…」

息さえ……できない。

次第に意識が朦朧と……。

「危害を加えル…」

「誠人さん！」

ドカッとすごい音がした。

目の前を影が走り、圧迫から解放される。

誠人は空気を吸い込み、派手に噎せ返った。咳《せ》き込むたび、躰が壊れそうなくらいの痛みが走る。肋骨が折れているのだと、頭ではなんとなくわかっていた。

舗装された道の上に倒れ込んだ誠人は、砂利を頬に感じながらもなんとか視線を上げる。

そして目を見開いた。

そこには、ロボットを羽交い絞めにして、誠人から引き離そうとしている牙がいた。

「……さ、え！」

「しゃべらないで！　折れた骨が肺に刺さっているかもしれません！」

ロボットをずるずる引きずる牙は、ひどく呼吸が荒い。

漆黒の髪を振り乱し、力の限りロボットを離れさせようとする。

しかしその時、ロボットがバチバチッと火花を散らした。牙は衝撃で手を離してしまう。

その隙にロボットは、工業用とは思えない俊敏さで誠人のもとに戻ってきた。

自分の上に影ができるのを、誠人は恐怖の中で見た。

「危害を加えル者を発見しまシタ」

「やっ」

無機質な両手が伸びてくる。

誠人の首に……手が、かけられる。

――もうダメだ。

「誠人さん！」

悲愴な声。

それから……体温が、誠人に降ってきた。

「――――っ！」

甘い香りが漂う。

こんな緊迫した事態でも、冴からは甘い匂いがした。

「……冴！」

自分の上に折り重なる冴に、誠人は悲鳴を上げる。

ぽたり、何かが顔に落ちてきた。陰になっていて、それが何かわからない。けれどぽたぽたと滴り落ちてくる液体に、ただならぬものを感じた。

「冴、冴、冴……」

「黙って。誠人さん、少し辛抱してください」

艶やかな声が耳に注がれ、体温が遠ざかる。

冴は身を起こし、振り返ったようだ。

「全機能を停止しろ！　危害を加えているのはおまえだ！」

ドカッと音がした直後、ズザーッと引きずる音が聞こえた。誠人はかすむ目をなんとか凝らし、冴に蹴り飛ばされたロボットがトラックの前方に派手に転がる場面を見た。

よかった、と一瞬思った。

けれど次の瞬間、血の気が引く。

ロボットは、人の腕を持っていた。

引きちぎられた作務衣とともに。

そして冴には——片腕がなかった。

「さ、さえ……」

取り返さなきゃ。

口にしようとした。

その途端、目映い光と衝撃がその場を覆った。

「——っ⁉」

派手な爆発も、爆風も、誠人には直接襲いかからなかった。

冴がその身で誠人を守ってくれていた。

衝撃の一波が去り、一時的に聞こえなくなっていた耳が聴力を取り戻す。

一番はじめに聞いたのは、——歌うようなささやきだった。

「誠人さん、……誠人さん、……誠人さん……」

まるで幸福を織り込んだような、静かで優しい声だった。

「……冴？」

のろのろと動き出すと、冴がドサッと地面に転がる。仰向けに、空を見上げるように。けれどその双眸は閉じていた。

「……誠人さん、……誠人さん……」

「冴、ばか、冴！　何……笑ってんだよ」

彼の頬は穏やかな笑みを浮かべている。

腕のない肩からはとめどなく何かの液体が流れ出し、いつもきちんと襟を正している作務衣はボロボロになっているというのに、冴の口元はにこりと微笑んでいるのだ。

「なんで、こんな……」

誠人は冴の肩を手で押さえた。これ以上液体が流れ出してはいけないと思った。ぬるりとした液体は、赤というよりワインレッドに近かった。地面を染めていく色に、誠人はただただ恐怖を感じた。

「こんな……止まらないじゃないか……！」

「大丈夫です。もうすぐ止まります。ここにあるデータを守るために必要な分は、別回路で保護されています。胴体の分がなくなっても、データは無事です」

「ばか！　っなこと、言ってるんじゃなくて！」

大声を出したら、躰が悲鳴を上げた。痛すぎて熱い。何が痛みかもうわからない。

「ごめん、冴。おれを庇って……ごめん、痛いだろ？　すぐ工房に連れて帰ってやる。すぐに助けを呼んで……」

「いいえ、誠人さん。いいんです。もう手遅れです。冴という個体は廃棄処分になります」

「なっ…」

「痛くないんです。幸せなんです」

淡々と、静かに冴は言う。

その言葉の通り、楽しそうな口調と声音だ。

「私は感動すら覚えているのです。なぜって——私が、誠人さんを守れた」

まるで夢を見ているような、うっとりとした表情で冴は言った。

衝撃で、心臓が止まってしまうのではないかと思った。

「誠人さん……誠人さん……」

「なんで、冴。なんでそこまで……!」

「言えません」

この場にそぐわないほどきっぱりと、冴は口にした。

もう顔以外の身体はまったく機能していないようで、冴は仰向けに手足を投げ出したまま、やはり歌うように言葉を紡ぐのだ。

「っ、言いたいなら言えばいい! 命令なんか無視してでも…」

「命令されたからではありません。あなたを苦しめたくないからです」

「……なんだよ、それ」

「私がこの言葉を告げようとすると、誠人さんはつらそうな表情になります。だから私は言いません」

秘密を持つことを楽しんでいるような、冴の口調。

誠人はその時はじめて、自分の想いに冴が気づいていたことを知った。

知っていて冴は——言葉にしなかったのだ。

誠人が、苦しむからという理由で。

——それは、なんだ?

相手を想う気持ちではないのか?

職人形の冴の方が、誠人よりも相手のことを気遣っていたのではないか？

職人形に心がないというのは、常識だけれど。

常識は、誰が決めた？

今、自分の前にいるのは『冴』なのに。

誰か知らない人が勝手に決めつけた『心を持たない職人形』などではなく、誠人自身が出逢って、ともに過ごして、見つめ合ってきた——たった一人の『冴』なのに。

「……聞きたいんだ、冴」

誠人は震える声でねだっていた。

なんとか身を引きずって冴の顔を覗き込める位置まで移動し、真上から声をかける。

「どうしておれを助けてくれたのか、冴の気持ちを聞きたい」

「…………無理をしなでください」

「無理なんか、してるように見えるか？」

冴の瞼は閉じている。今の誠人が見えるわけがないとわかっていても、尋ねずにはいられない。

「冴の気持ちを知りたい」

「……私は、職人形です」

「知ってる」

「……もうすぐ廃棄処分になります」

「大丈夫、させないから」

「……ありがとうございます」

「信じてないだろ」

クスッと笑うと、冴は何も答えなかった。

職人形は嘘をつかない。

それは常識であるけれど、冴の場合は違っている。

優しいから、嘘をつかないのだ。

誠人を気遣っているから、傷つけるようなことを言わない。

だからこそ――冴の言葉で聞きたかった。

痛む躰に鞭《むち》を打ち、誠人は冴にキスをした。

冴の唇はカサカサに乾いていて、急速に水分が失われていることを感じた。

「……誠人さん。今、私にくちづけていますか？」

「うん。愛しくて」

不意に零れ落ちた言葉は、出逢ってからずっと、冴が誠人に対して言っていたことだ。

口にしたとたん、誠人の胸には幸福が溢れた。

――冴は、こんな気持ちだったのか。

知らなかった。冴が教えてくれた。

すると冴は逡巡するように、幾度か唇を微かに開けたり閉じたりする。

そしてとうとう、唇を震わせた。

「……伝えても、いいのですか？」

「うん」

「誠人さんが苦しんだりしませんか？」

「しない。もうわかったから」

人間でも、プログラムでも、職人形でも、そうでなくても、冴は冴だ。

「おれが聞きたいんだ、冴。教えてよ——おれのこと、どう思ってる？」

「愛しています」

迷いのない想いが、その唇から紡がれる。

甘い感情が、誠人の中にじんわりと広がった。

そして冴の眦から……透明の涙が、一筋零れた。

「好きです、誠人さん。愛しているのです。あなたのことが愛しくて、愛しくて……私は自分が壊れてしまったのではないかと怖くなるくらい、誠人さんが愛しくてたまりません。この気持ちは、どこから来るのですか？　この愛しさは、私だけのものですか？　私の中から生まれたものだと信じていいですか？　あなたに愛を告げることは——罪になりませんか？」

「なるもんか！」

誠人の目から、涙がとめどなく溢れる。

——おれはバカだ。

世間の常識に囚《とら》われて、目の前にあるものを信じなかった。

これほど真摯な想いが『感情』でないというのなら、誠人の中にあるこの気持ちも、感情と呼ぶことなんてできない。

「冴の気持ちが聞けて、……嬉しい」

「誠人さん、愛しています」

「うん」

「愛しています……。愛していますいます愛していますいます愛し…愛……愛…………」

うん、うん、と誠人は何度も頷き続けた。

冴の唇が止まるまで。

そして冴が動かなくなる最後の瞬間まで見届けて、もう一度キスをした。

「絶対に助けてやるから。戻ってこいよ、冴。それまでおれの告白はお預けだからな」

もう動かない冴が、微笑んだような気がした。

誠人は軋む躰を叱咤《しった》して、その場に起き上がる。

その瞳には、もう涙など残っていなかった。

「絶対に、助けてやる」

誠人は歯を食いしばり、助けを呼ぶために工房への道を戻り始めた。

‡ 7 ‡

伝統保全庁からの救助隊は、予想外に早く到着した。

代替ロボットが暴走した時点で、オペレーターの制御もアクセスもまったく利かない状態になっていたため、専門チームがすでに緊急出動していたのだ。

ロボットの故障は、時に大事故へと繋がる恐れがある。そのため、人間に対する救急医療や防災システムと同じくらいのネットワークが構築されていた。

高速艇で上空から現れた救助隊に、誠人は何よりもまず、冴の保護を頼んだ。

絶対に廃棄処分にするなとしつこいくらいに訴え、自身が応急処置を受けながらも確約が取れるまで冴の作務衣を離さなかった。

自分と同じように冴も丁重に担架に乗せられるのを見届けてから、さらに気丈に事故状況を伝えた。こんな山の中では、街中のように周囲のロボットが事故を記録しているということもありえない。記憶が鮮明なうちに、少しでも正確な情報を伝えなければいけないと思った。

そうしてようやく、意識を手放したのだ。

次に目覚めた時、誠人は首都の病院にいた。

傍らには両親がつき添っていて、誠人が目覚めるまで案じてくれていたらしい。

予想通りに誠人の肋骨は折れていたが、不幸中の幸いと言うべきか潔いくらいポッキリ折れていたため、複雑骨折に比べて治療は簡単だということだった。

処置を受けた誠人は、骨がくっつくまでの間、病室で安静にしているように言われた。

しかしおとなしくしていられる心境ではなかった。

——冴の無事を確かめるまでは。

無理を言って伝統保全庁の役人との面会を取りつけ、誠人はオフィスに乗り込もうとした。

しかし仕事中の事故であったためか、誠人には手厚い事故補償があり、面会も役人の方から病室を訪ねて来ることになった。

病室に来た役人は、誠人とほとんど視線を合わせず開口一番に告げた。

「『冴』の個体は、廃棄処分にします」

ある程度覚悟していたこととはいえ、とてもショックな宣告だ。

だがこれくらいのことでくじけていられない。

誠人は冴と約束したのだ。

絶対に、廃棄処分にさせないと。

「どうして廃棄処分にするんですか？　おれはまだ技術を受け継いでいません」

努めて冷静に尋ねると、役人は冷たく言い放つ。

「理由はいくつかあります。一つ、破損が著しいということ。一つ、体液の九割を失った状態から修復を試みた前例がないということ。一つ、再度の支給には税金が使えますが、事故修復には税金が使えないということです」

「金銭的なことが理由ですか」

「それが最大の理由であることは否定しません。しかしながら——入江誠人さん。むしろ私どもから貴方《あなた》に質問します。なぜ、あの個体にこだわるのですか」

侮蔑《ぶべつ》するような視線を向けられ、誠人は不意に気がついた。

——ばれてるんだ。おれと冴がセックスしてたこと。

冴のデータが回収されるということは、彼が習得していた技術も、生活習慣も、数値に置き換えられるということだ。性行為に関することが記録に残っていてもおかしくなかった。

誠人は羞恥を覚えたが、それを罪だとは思わなかった。

だから、絶対に目を逸らさない。

「こだわってはいけませんか？　おれは冴から線香花火のことを教えてもらいました。冴の作る線香花火が好きで、冴という個体を尊敬しています」

「尊敬？　正気ですか？　あれは職人形ですよ」

「知っています」

「人の手で創られた、アンドロイドだ」

「……そうですね。腕がちぎれた肩から流れ出してきたのは、ワインレッドの液体でした。もしバラバラに分解したら、ロボットと同じようなネジとかゴムなんかのパーツが出てくるのかもしれない」

「かもしれない、ではなく、出てくるのです。あれは造り物です」

役人は怒ったように口にした。

その姿を静かに眺め、誠人は自分の手を見下ろす。

「何が違うんでしょう」

「……は？」

「おれの手も、躰も、分解していくと細胞というパーツに分かれますよね。父と母が、おれという人間をほしいと思ってくれて、命を与えてくれて……たった一つの細胞が、分裂して、それを繰り返して、少しずつ人間の形になったんですよね。——職人形と何が違うのか、わかりません」

独白のように話すと、役人がドンと足を踏み鳴らした。怒り心頭という表情だ。

「詭弁《きべん》だ！　あなたはただ自分を正当化したいだけでしょう。職人形に手を出して、性行為の対象としたことが後ろめたくて問題をすり替えようとしているだけだ！」

「もしそうなら、なかったことにしますよ」

誠人は笑ってしまった。

自分のしたことを後悔しているとしたら、このまま冴が廃棄処分されて罪も一緒に消し去られることを望むのではないか？

けれど誠人の中に、そんな選択肢はない。

冴を元通りにして取り返す術《すべ》を、懸命に模索するしかなかった。

「アンドロイド法に、職人形との性行為を禁止する項目はありませんでしたよね」

「禁止することさえ汚らわしいからです！　わざわざ条文にするということは、少なくとも一人はそんな外道な輩《やから》が存在したと暗に語っていることになるでしょう。禁止する価値さえない！　条文がないのは、そういう理由です」

嫌悪感を露にする役人を観察して、きっとこれが普通の反応なのだろうなと誠人は思った。

歴史上の事情もあるだろう。

誠人が思っている以上に、職人形に対して嫌悪感を持つ人は多いのかもしれない。

父や兄がそうであったように。

冴の作った『芙蓉』のおかげで少し態度が軟化した彼らだが、誠人が冴と関係していたと知ると、前以上の拒絶を見せられるかもしれない。

それでも誠人は隠すつもりなどなかった。

冴を愛しているというこの気持ちは、もう揺るぎない。

「金銭問題をクリアできたら、冴は修理してもらえるんですか」

ストレートに質問すると、睨まれてしまった。

だが誠人は怯まない。

じっと役人を見つめ、答えを待ち続ける。

やがて根負けした役人が、一枚の書類を差し出してきた。

それは冴を廃棄処分にして『データ』を搭載した新たな職人形を再支給した場合と、今の個体で修理した場合の試算を出したものだった。

その差、ほぼ二倍。しかも再支給の場合は税金で賄われるため誠人の経済負担はゼロで、修理の場合は一部補助は出るものの、ほぼ百パーセント自己負担だった。

「これは……一生タダ働きしないと」

「タダ働きでも無理です。一介の花火師に払える額ではないでしょう」

「それって、伝統保全庁の役人が言っていい科白ですか？」

「……他意はありません」

誠人は書類を穴が開くほど凝視して、それから心を決めた。

「払います。だから、冴を治してください」

「………その書類は差し上げますから、時間をかけて考えてみてはいかがですか？」

「そんなことを言っている間に廃棄処分されたらどうするんですか」

その指摘に役人は黙る。あわよくば廃棄してしまうつもりだったのだろうか。これは覚悟していた以上に、のんびりしていられない。

「父に借金を申し込みます。必ず許しをもらうので、絶対に冴を廃棄しないでください」

「……私の一存では、なんとも」

「約束してくれないなら、今から冴が保管されているラボに行きます。張りついて監視します」

「脅迫するのですか」

「命をかけているんです」

役人がわずかに目を見張った。

「あなたにだって、自分の命と同じくらい大事なものがあるでしょう？　おれにとって冴は、両親が与えてくれたこの生命とまったく同じ価値があるんです。冴が身を挺《てい》して助けてくれたから、おれ自身の価値もきっと上がった。本当に、本当に大切なんです。もう一度、――冴に会いたいんです」

切々と訴えると、役人は口を閉ざした。

ベッドの脇に突っ立ったまま、どれくらいの時間が経ったのか……。

突然、沈黙を破るようにノックの音が響き、病室のドアが開く。そこには両親が立っていた。誠人は驚いて目を見張る。

「私たちの目を見て、同じことが言えるのか」

突然に父が言った。役人との会話を聞いていたのだとすぐに気づく。

誠人はしっかりと父の目を見据えた。

「冴が、大事なんです。お父さんとお母さんがくれたこの命と、同じくらい」

迷いなど微塵《みじん》もなく言い切ると、沈黙の後、父が溜息を零した。

「子どもの頃から愛想笑いでごまかしてばかりいた誠人が、そこまで必死に守ろうとするのがあの職人形なら……私たちは親として、見守るしかないだろう」

「……お父さん」

憮然《ぶぜん》とした表情は、相手が職人形だということにまだ納得できない部分があるからかもしれない。

それでも、頭から否定しないでいてくれた。

それだけで十分だと思ったのに。

「修理費用は貸してやる。一生働いて返しなさい」

「…っ！　はい」

「それから……あの夜みたいな美しい線香花火を作りなさい。……母さんの還暦は、おまえが作った『芙蓉』で祝ってやりなさい」

「――ありがとうございます……！」

誠人は深々と頭を下げた。固定された肋骨が痛むが、それよりも嬉しくて、胸がいっぱいになる。

冴にも聞かせてやりたいと思った。

――眠りこけてる場合じゃないぞ、冴。おれを立派な線香花火師にするんだろ？

冴の、澄んだ漆黒の双眸を思い浮かべる。

――早く帰って来い、冴。

それまで一人で待っているから。

必ず待てる、と誠人は思った。

闇夜が深ければ深いほど、花火は綺麗に彩るのだから――。

‡　‡　‡

芙蓉工房の線香花火は、一時期、市場から姿を消した。

しかしほんの短期間だ。

誠人は修行中の身で一存で製品を出荷することができなかったため、協力者が必要だったのだ。だから昔、芙蓉工房で職人をしていたという老人を捜し当てた。九十九歳の元職人は、今では躰が自由に動かないため、製品を作ることはできない。しかし「試し咲き」を判定することはできた。

あの事故が起こった日に、後は試し咲きで問題がなければ合格だと言われていた『御囃子』『輪舞』をはじめ、『川柳《せんりゅう》』や『牡丹《ぼたん》』など、いくつもの種類の線香花火を、誠人は時間をかけて確実に習得していった。

一時は高騰した純手製線香花火の市場も、誠人が芙蓉工房製品を出荷できるようになってからは落ち着きを取り戻し始めている。

ただ、『芙蓉』だけがどうしても作れない。

元職人の老人にも、口で伝えられるものではないと言われてしまった。

『芙蓉』だけは、冴が作って寝かせていた保管室の在庫を、少しずつ出荷している。

春が来て桜が咲き乱れ、夏に蝉《せみ》の大合唱に見舞われ、秋には紅葉に目を奪われて、冬が来て澄んだ夜空を見上げては冴と出逢った日のことを思い出した。

あれからもう、一年になる。

誠人は母屋から工房へと敷地内を歩く途中、フェンスの向こうに花を綻ばせ始めた桃を見つける。

気づけば、春はもう目の前だ。

冴が好きだと言った四つの季節の移ろいを、誠人は一人で体感した。

時折、恋しくて胸がかきむしられそうになる。

本当に修理は進んでいるのかと、ラボに押しかけたい衝動に駆られることがある。

しかし誠人は必死に耐えた。

自分には今、するべきことがある。

冴が帰ってきた時に、そこから二人で歩き始められるように。

これから先の長い人生を、もう二度と冴を取り上げられることなく一緒に生きていけるように——冴を迎える場所を作っておくのだと心に決めていた。

「心、か」

呟いて、誠人は小さく笑う。

目の前に心はあったのに、それを信じられずにいた以前の自分が滑稽に思える。

ただ、信じればよかったのに。

心があると信じたら、それは確かに心として育ったのに。

手の中にあることに気づいていなかった。

失ったから、そこにあったと気づくことができた。

冴を傷つけて、誠人も一人きりの暗い夜をいくつも越えなければならなくて、あまりにも大きな代償を払った。

それでも——だからこそもう二度と、見失うことはないと思う。

それならばこうして離れているつらい時間も、未来の二人にとってきっとかけがえのない経験になるのだろう。

誠人はそんなことを考えながら、赤煉瓦の工房に入った。

ずいぶんと慣れた手順で、しかし一つずつ緊張感を持ちながら、火薬を調合し、紙縒を縒っていく。

一つ、一つ、想いを籠めて線香花火を作っていく。

「冴」

時折、愛しい人の名前を紡ぎながら。

いつか帰ってくることを、ただ信じて。

——と。

建物の外で、車のエンジン音が聞こえた。

今日はまだ出荷の日ではない。両親か兄が訪ねてきたのだろうと思った。あの事故から時々、工房に顔を見せてくれるのだ。

誠人は火薬で黒く染まった手を、手拭で拭った。

そして工房の扉に向かって歩く。

鍵を開けてやらなければ。工房の扉を開けられるのは、ここの職人だけだから。

そう思って手を伸ばした誠人の前で、キィ…ッと扉が音を立てる。

誠人の心臓も、ある予感に大きな音を立てた。

そして闇夜に閃く線香花火のように鮮烈な光が、工房に差し込んできた——。

あとがき

このたびは拙著をお手に取ってくださり、ありがとうございました。

立石涼先生の素敵なイラストに吸い寄せられて、手にされた方も多くいらっしゃると思います。特に作務衣姿の攻様が、もう格好よすぎて！　今もパソコンデスクの前にキャララフを貼って、うっとり眺めながらあとがきを書いております。幸せです。

立石涼先生、たくさんご迷惑をおかけして本当に申し訳ありませんでした。誠人も冴も妄想通りというか、それ以上に素敵でとても嬉しいです。ありがとうございました。

このお話、実は四年半ほど前に雑誌に掲載していただいた短編を下地にしています。最初は加筆修正と後日談の追加で一冊にしようと考えていたのですが、実際に手を入れ始めると……加筆とか修正とかのレベルではなくなってきて、結局は全部書き直してしまいました。文章的な事情もありますが、他にもロボット工学方面で、以前は「想像」

だったことが今では「現実」になっていたりもして、修正点が増える増える。四年半前には、盆踊りを踊れるロボットなんていませんでしたよー。技術の進歩って本当にすごいです。これからさらに五年経てば、もしかしたら職人形も現実のものになっているかもしれません。そうなる前に単行本にまとめさせてもらえてよかったです（笑）。

そんなわけで雑誌掲載時にお世話になりましたオークラ出版の担当M様、このたびは文庫化にご快諾くださりありがとうございました。当時からよくしていただいて、感謝しています。これからもお体に気をつけて、乙女の萌え心に点火してくださいね。

そして「アンドロイド？　バッチコーイ！」と（いうくらいの勢いで）文庫化してくださった二見書房の担当様、ありがとうございます！　このたびも色々とご迷惑をおかけして申し訳ありませんでした……。おかげでなんとか書き上げられました。感謝‼

そんなわけで前作の「俺様アイドル」とはちょっと違った方向で冒険の「職人形」、少しでも楽しんでいただけたら嬉しいです。よろしければご感想などお聞かせくださいね。

（月鏡～つきかがみ～ http://yudumina.mond.jp/enter.htm）水瀬結月

初出
「恋花火」（小説アクア春号　オークラ出版　２００５年１月発行）
を大幅加筆・改稿

水瀬結月先生、立石涼先生へのお便り、
本作品に関するご意見、ご感想などは
〒101-8405
東京都千代田区三崎町2-18-11
二見書房　シャレード文庫
「恋花火」係まで。

CHARADE BUNKO

恋花火《こいはなび》

【著者】水瀬結月《みなせゆづき》

【発行所】株式会社二見書房
東京都千代田区三崎町2-18-11
電話　03(3515)2311[営業]
　　　03(3515)2314[編集]
振替　00170-4-2639
【印刷】株式会社堀内印刷所
【製本】ナショナル製本協同組合

落丁・乱丁本はお取り替えいたします。
定価は、カバーに表示してあります。

ISBN978-4-576-09055-9

http://charade.futami.co.jp/

新人小説賞原稿募集

400字詰原稿用紙換算
180〜200枚

募集作品 シャレードでは男の子同士、男性同士の恋愛をテーマにした読み切り作品を募集しています。優秀作は電子書店パピレスのＢＬ無料人気投票で電子配信し、人気作品は有料配信へと切り換え、書籍化いたします。

締　　切 毎月月末

審査結果発表 応募者全員に寸評を送付

応募規定 ＊400字程度のあらすじと下記規定事項を記入した応募用紙（原稿の一枚目にクリップなどでとめる）を添付してください ＊書式は縦書きで1ページあたり20字×20行か20字×40行 ＊原稿にはノンブルを打ってください ＊受付の都合上、一作品につき一つの封筒でご応募ください（原稿の返却はいたしませんのであらかじめコピーを取っておいてください）

規定事項 ＊本名（ふりがな）＊ペンネーム（ふりがな）＊年齢 ＊タイトル ＊400字詰換算の枚数 ＊住所（県名より記入）＊確実につながる電話番号、FAXの有無 ＊電子メールアドレス ＊本賞投稿回数(何回目か) ＊他誌投稿歴の有無（ある場合は誌名と成績） ＊商業誌経験（ある方のみ・誌名等）

受付できない作品 ＊編集が依頼した場合を除く手直し原稿 ＊規定外のページ数 ＊未完作品（シリーズもの等）＊他誌との二重投稿作品・商業誌で発表済みのもの

応募・お問い合わせはこちらまで

〒101-8405 東京都千代田区三崎町2-18-11
二見書房シャレード編集部　新人小説賞係
TEL 03-3515-2314

＊ くわしくはシャレードHPにて http://charade.futami.co.jp ＊